Inte som en dans

EVA OCH ADAM
Inte som en dans

Text: Måns Gahrton
Bild: Johan Unenge

BonnierCarlsen

Tidigare utgivna titlar om Eva & Adam:

Eva & Adam: En historia om plugget, kompisar och kärlek 1995
Eva & Adam: Att vara eller inte vara – ihop 1996
Eva & Adam: Bästa ovänner 1997
Eva & Adam: Fusk och farligheter 1998
Eva & Adam: Jul, jul pinsamma jul 1999
Eva & Adam: Sista pyjamaspartyt 2000
Eva & Adam: En midsommarnattsmardröm 2001

Eva & Adams partybok 1999
Eva & Adam: Mina kompisar 2000

Seriealbum:

Eva & Adam 1993
Eva & Adam: Kyssar och svartsjuka 1994
Eva & Adam: Kramsnö och julkyssar 1995
Eva & Adam: Den andra killen 1996
Eva & Adam: Balla gänget 1997
Eva & Adam: Adam ska flytta 1998
Eva & Adam: Sommarlov 1999
Eva & Adam: Fotboll, bugg och snedsteg 2000
Eva & Adam: Tjejsnack och killkris 2001

Besök Eva & Adams egna hemsida:
www.evaochadam.com

ISBN: 91-638-2432-9
© Text: Måns Gahrton 2002
© Bild: Johan Unenge 2002
Sättning: Bonnier Carlsen
Typsnitt: Sabon
Printed in Sweden
Fälth & Hässler, Smedjebacken 2002
www.bonniercarlsen.se

En natt drömmer Adam att han dansar. Det är ett stort dansgolv, och alla han känner är där. De andra har balettskor på sig, och nästan svävar fram över golvet. Men Adam, han har leriga fotbollsskor, och de är så tunga att han bara snubblar omkring och trampar folk på tårna.

På morgonen har han glömt drömmen, men i plugget, när han ser affischen om skoldiscot på anslagstavlan, så minns han den plötsligt. Han ler för sig själv, fast han minns hur obehagligt allt var när han var inne i drömmen. Han tänker att han ska berätta om sin dröm för Eva, men det blir aldrig av.

Det märkliga är att Eva också har dansat i sina drömmar den här natten. Kanske är det affischen som lockat fram de här drömmarna, kanske är det bara en slump. Eva berättar om drömmarna för sin mamma på morgonen. Hon har drömt, vaknat till, drömt vidare, vaknat till och drömt igen. I varje dröm har hon dansat för publik, en gång på ett slott, en gång i skolans aula och en gång på en atlantångare som kan ha varit Titanic. På alla ställena har de applåderat och jublat åt hennes uppvisning. Det kändes fantastiskt.

– Du är då en liten teaterapa, säjer hennes mamma och skrattar. Till och med när du sover!

– Äh, säjer Eva.

Ett svårt val

Vad ska han göra? Han måste svika henne. Välja bort henne. Det är ett stort beslut.

– Vad är det med dej? frågar Eva.

– Vadå?

Adam försöker att låta obesvärad.

– Det är nåt. Jag ser det.

Adam öppnar munnen. Men stänger den igen. Fast han vet att det blir värre ju längre han väntar.

– Okej, säjer Eva. Jag borde ha kommit på det tidigare, jag vet det. Men det behöver ju inte vara så märkvärdigt.

Hon ler. De ligger på Evas säng, hon ligger med hans arm om sig, nu ler hon, hennes ögon glittrar som bara hennes kan – och så, plötsligt, får han en snabb puss på munnen. Det är svårt att ha det bättre. Och ändå vill han vara någon annanstans ikväll.

– Så här gör vi, fortsätter hon. Du och jag bakar en tårta. Och … så ringer jag Annika och ber henne fixa …

Dörren öppnas.

– Oj, stör jag?

Tobbe flinar mot dem. Och det är som om han trycker på en knapp. Eva och hela stämningen i rummet förändras på mindre än en sekund.

– STICK!

– Jag måste bara be er att inte ha en massa underliga ljud för er om ni ska ligga här och hångla ikväll, säjer han. Det kan störa vår koncentration i ett avgörande ögonblick.

Eva bara stirrar på honom.

– Och håll er borta från köket.

– Varför då? fräser Eva.

– Det är bokat sen en vecka tillbaka. Fråga morsan. Tobbes olympiska spel i stötpoker.

Ett sista retsamt leende, och dörren stängs. Eva stönar. Och Adam har fortfarande inte sagt det han skulle säja.

Att de skulle ses efter plugget var bestämt sen flera dagar tillbaka. Läxor, fotbollsträningar, gitarrlektioner och Evas teater – ja, det var ont om lediga eftermiddagar – gjorde det nödvändigt att planera i förväg. Men det var först samma dag Adam fick klart för sig att Eva hade tänkt att de skulle ha kvällen tillsammans också. Hon hade "nåt hemligt" på gång.

En dubbelbokning, alltså. Problem. Som Alexander hade en enkel lösning på när de snackade om det i skolmatsalen.

– Vadå? sa han. Hon vill träffas. Men fan, vad vill *du*?

8

– Det vet du, sa Adam. Se matchen, förstås.

– Ja, men säj det då!

Visst, det är förstås vad Adam borde ha gjort. Han skulle ha berättat för Eva att han och Alexander skulle hem till Tomas för att kolla på VM-kvalmatchen i fotboll. Det är inte VM-kval varje dag. Och Sverige har chans att ta sig till VM. Världsmästerskapet i världens största sport, något som får hela jordklotet att sluta snurra.

Eva vet hur intresserad Adam är. Hon fattar såklart att han inte vill missa matchen. Men grejen är ju att hon är så *lite* intresserad att hon inte ens vet om att den ska spelas.

Adam suckar. Varför måste han alltid krångla till allting? Det är typiskt honom! Lika typiskt som det är att Eva får vilda idéer.

Dagens Eva-idé var att fira Mia. De skulle överraska henne, hon skulle luras att hänga med hem till Eva för att gå tillsammans till skoldiscot i morgon, och så skulle alla hennes bästa kompisar vara där, med partyhattar, tårta, läsk ... Att inget av det där var fixat, och att Eva inte ens hade kollat om det passade att de var hos henne, det var inget bekymmer. Det skulle ordna sig, som det brukade göra när Eva drog igång något som från början verkade omöjligt. Kunde de inte vara hos Eva kanske de kunde vara hos Annika, och ...

– Äh, jag orkar inte! säjer Eva plötsligt. Vi ... struntar i alltihop. Alla Tobbes värsta idiotkompisar kommer sitta där och ... Fan också!

Adam ser på henne.

– Jaha. Ja, men ... det passade inte riktigt bra för mej ändå just ikväll. Och i morgon skulle det ha blivit lite jäktigt innan discot, för vi har ju träning, och ...

Adam säjer inte mer. De förhör varandra på de engelska glosor de hade i läxa, och sen går han. Det ständiga kriget mellan Eva och hennes storebror har än en gång skjutit hennes humör i sank. Det knepiga är, att den här gången blev det Adams räddning. Det känns lite konstigt.

Adam sitter i en soffa, framför en teve, hemma hos Tomas. Han är där han allra helst vill vara just ikväll, Sverige spelar riktigt bra, och ...

– JAAAAA!

Bollen ligger i nätet, Adam och tevekommentatorerna vrålar ikapp, svenskarna ligger i en hög på gräset och Tomas, Alexander och Adam kramas i en hög i soffan. Tänk om tjejerna i klassen såg dem nu!

Det kunde inte vara bättre. Allt är bra mellan Eva och Adam. Adams kväll blev precis som han hoppades. Det är först när Adam kommit hem och ligger i sin säng som han märker att det ändå är något som stör honom.

Det borde inte vara så här besvärligt. Och det skulle det inte vara om ... om de inte hade så olika intressen. Alltså, om Adam bara ... ja ... eller ... nä ... om Eva bara var fotbollsintresserad. Då skulle allting vara så mycket lättare ...

Med en bästis delar man allt – eller?

Eva öppnar sin ryggsäck och tar fram en glasflaska och två plastmuggar. Hon tar fram en folieklump och vecklar ut den. Inuti finns en stor kladdig bit äppelkaka. Hon delar den i två, slår upp i glasen och räcker ett till Annika.

– Nämen … Det är ju …

Eva nickar.

– Mormor kom igår.

Som vanligt hade hon med sig hemgjord flädersaft. Eva tycker att den är okej. Annika är galen i den.

– Det är ju värsta picknicken! säjer Annika.

De sitter på Jättens näve, deras

hemliga mötesplats. Här har de pratat om allt mellan himmel och jord. Men något att äta och dricka har det sällan varit fråga om. Någon enstaka gång har en av dem köpt godis. Men så här, att planera för det, att packa ryggsäcken full av godsaker, det har aldrig någon gjort. Eva fick idén igår, när ingen trots mormors trugande orkade äta upp den "lilla" biten äppelkaka som blev över.

– Så här måste vi alltid göra, säjer Annika och häller upp mera saft i sin mugg.

Det blev en lyckad överraskning, precis som Eva hade tänkt ut det. Annika gillar äppelkaka. Och flädersaft. Hon borde gilla en kille också. En bra. Gullig. Rolig. Schyst. Rätt kille, helt enkelt. Och framför allt en som fattar hur rätt Annika är.

– Kul med discot i morgon, säjer Eva.

– Mm.

– Alla ska gå. I stort sett.

– Mm.

– En kille som blivit otroligt mycket schystare, det är Martin i teatergruppen. Förut var han så kaxig, liksom, men ...

Annika suckar.

– *Jag* tycker att han verkar alldeles tillräckligt kaxig fortfarande. Och han är inte snygg heller.

– Jag tycker att han är söt.

– Jaha. Ska jag fråga honom om han vill vara ihop med dej, eller?

Eva säjer inget. Vad är det med Annika? De brukar ju dela allt. Lika självklart som de delar på en bit äppelkaka om bara en av dem har, så delar de med sig av allt de tänker och tycker.

– Eva, sluta! Jag vill inte! Fattar du inte det?

– Vadå, jag sa ju bara ... Vi har ju alltid snackat om killar.

Annika häller upp ett glas saft till. Hon tar en klunk. Hon tittar rakt fram, man skulle kunna tro att hon hade fått syn på något långt ute på sjön där nedanför. Men Eva vet ju att det inte är så.

Eva väntar. Snart kommer Annika att säja vad det är hon vill. Det gör hon alltid. Har alltid gjort.

– Jag snackar gärna om Adam, säjer Annika till slut. Såklart gör jag det. Om det är nåt du vill prata om.

– Det är det inte. Inte just nu.

– Och om jag träffar nån, då är det klart att det är dej jag snackar med när det är nåt.

Eva nickar.

– Såklart. Det *måste* du! Men ...?

– Men jag vill inte snacka om killar som det inte är nåt med. Inte just nu.

– Okej.

Eva vill fråga varför. Men hon gör det inte. För hon känner i magen att Annika inte vill det.

– Fan, det är som om det är ett *problem* att jag inte har nån kille!

– Sluta! Det är klart att det inte ...

– Jo! Du vill att jag ska bli ihop med nån så att det liksom blir du och jag och han och Adam. Men jag tänker faktiskt inte bli ihop med nån för din skull!

Annika reser sig upp.

– Jag måste gå nu.

När Eva går hemåt känner hon plötsligt något vått på kinden. Hon tar upp handen, stryker den under högra ögat. Det är en tår. Hon gråter.

Så farligt är det väl inte? Hon har varit lite klumpig. Hon har på något vis trampat på en öm tå. Och Annika har blivit arg för det. Sånt händer väl alla. Och det går över.

Det är bara det att tån sitter på Evas bästa vän. Hon brukar aldrig, aldrig trampa på Annikas tår. Och Annika brukar aldrig bli sådär arg och säja saker med den där skarpa, hårda, ja *taskiga* tonen. Visst, det har hänt. Men det var längesen. Och då blev det också vått på Evas kind.

Ensam bland miljoner andra

Benen är tunga som bly. Det sitter tusen kilo fotbollsträning i vart och ett av dem. Ändå springer Adam sista biten. Han ger det sista han har kvar. Som om det var en viktig tävling.

Nu börjar han svettas också. Han vill absolut inte komma alldeles svettig och äcklig. Men han vill inte komma för sent heller. Det är därför han springer, för att han tycker det är så viktigt att passa tider.

Sista biten går han. Vadå för sent? Han sa till Eva att han skulle komma ungefär vid halv åtta. Och nu är hon fem över halv. Det är mycket punktligare än hon någonsin är.

Skoldiscot är i gympasalen. Någon har hängt upp en stor discoboll i taket och massor av röda och gröna lampor, serpentiner och ballonger sitter i ribbstolarna. Många dansar redan. Det serveras varmkorv och läsk. Några står och ser lite ensamma ut. Så är det alltid. Adam vet hur det är. Det ser ut som om man inte har några kompisar. Det lyser om en. Man vill inte vara den som det lyser ensamhet om. Och så kanske det bara är så att ens kompisar inte har kommit än, eller är på toa, eller dansar. Men det hjälper inte, det lyser ändå.

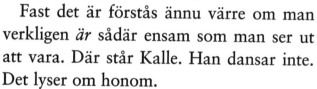

Fast det är förstås ännu värre om man verkligen *är* sådär ensam som man ser ut att vara. Där står Kalle. Han dansar inte. Det lyser om honom.

– Hej, säjer Adam.

Kalle sträcker på sig. Det är som om Adam har räddat hans kväll bara genom att hälsa på honom.

– Tjena! Var har du Eva då?

– Vet inte. Jag kom just. Har du sett henne?

Det har Kalle. Han letar med blicken och hittar henne.

– Där.

– Tack. Jag måste på toa nu. Vi ses.

Adam känner ett sting av dåligt samvete

när han lämnar Kalle. Men Eva väntar ju på Adam. Och på toa måste han. Äh, han kan snacka med Kalle lite senare. Eller i morgon i plugget.

Adam låser och tar av sig tröjan. Han tvättar sig först under armarna, sen över hela överkroppen. Och så är han svettig i baken. Adam drar ner både byxor och kalsonger, och blaskar av sig svetten där nere med.

Någon rycker i dörren. För en kort sekund får Adam panik, tänk om alla på discot får syn på honom på toa med brallorna nere! Men dörren är ju låst. Och nu är han fräsch igen. Det är som om han duschat efter träningen en andra gång.

När han kommer ut från toaletten står Kalle fortfarande och ser övergiven ut. Hopsjunken. Men Adam går åt Evas håll.

– ADAM!

Han vänder sig om. Där står Sofia.

– Var är Tomas? Är inte han med dej?

– Nä, säjer Adam. Men han skulle komma. Sen.

– Vadå *sen?*

Hon låter jättesur. Som om det är Adams fel att Tomas inte hade lika bråttom att träffa sin tjej som Adam hade.

– Tomas har ju fått det där nya VM-spelet. Men hans dator har för dåligt minne. Så då gick dom hem till Alexander, för hans farsa har just köpt en ny, och ...

– Fy fan va dåligt! fräser Sofia. Han skulle ju komma direkt efter träningen!

Hon blänger på Adam. Och Adam undrar varför i all världen han står och försöker förklara något som han inte har med att göra. Det här får Tomas klara ut när han kommer.

Adam stegar fram mot Eva. Tror han. Men nu är hon inte där. Han spanar runt. Hon är på dansgolvet. Hon och Annika dansar med två killar i sjuan.

Adam blir stående. Han känner sig ensam. Övergiven. Hopsjunken. Nu är han en av dem som det lyser om. Han är sådär ensam som man bara kan bli där det är riktigt många andra människor.

Han ser sig om. Där. Där är i alla fall någon han kan snacka med.

– Hej igen, säjer Adam.

– Hej, säjer Kalle.

En tryckare för mycket

Eva biter sig i tungan. Hon ska inte säja något om killarna. Inget om att det var Annika som de tittade på när de bjöd upp dem båda. Ingen viskning i Annikas öra om att de nu står och tittar efter henne när hon lämnar dansgolvet. Eva är tyst. Annika vill inte prata om killar, och då ska hon slippa.

– Vad tänker du på? säjer Annika.

Eva svarar inte. För hon tänker inte ljuga för sin bästis. Det är illa nog att det plötsligt finns saker som de inte kan prata om.

– Va kul det är att dansa, säjer Eva och spanar in några i sjuan som buggar.

– Ja. Skulle inte Adam komma?

– Jo.

Just då ser hon honom. Han har kommit. Han står och snackar med Kalle.

Eva vinkar. Men hon går inte fram till dem. Hon orkar inte snacka med Kalle. Han är väl snäll i och för sig. Egentligen. Men tråkig. Han snackar och snackar och snackar, och bara om videokameror, mobiltelefoner, cd-spelare, datorer och dataspel och allt annat som får Evas öron att vissna och ramla av efter en halv minut.

En tryckare. En av Evas favoriter. Hon skyndar fram till Adam.

– Du, den kan zooma in en mygga på hundra meters håll, hör hon Kalle säja.

– Jaha, säjer Adam. Men nu måste jag ...

Eva tar hans hand. Och när låten är slut, och de dansat så tätt omslingrade att hon kände hans hjärta dunka, så kysser de varandra, länge.

Just när Adam kommer med en stor läsk och säjer att han bjuder och Eva pussar honom på munnen för att han är så otroligt gullig så dyker Alexander och Tomas upp.

– GROVHÅNGEL! hojtar Alexander.

– Har ni sett Sofia? undrar Tomas.

– Det var ett tag sen, säjer Adam. Jag tror faktiskt att hon gick hem.

Tomas får något bekymrat i blicken. Men när han ser att Eva tittar på honom så flinar han raskt upp sig.

– Står ni bara här och glor? säjer han. Kom igen så dansar vi!

– Jag måste ta en paus, säjer Eva. Men sen ...

– Jag dansar gärna, säjer Annika snabbt.

Tomas ler så att det gnistrar om tandställningen i discobelysningen. Och när han kommer ut på dansgolvet ger han järnet.

– Jag började tro att ni inte skulle komma, säjer Adam.

Alexander svarar inte. Han har fått syn på Linda. Men när Alexander går fram till henne skakar hon på huvudet. Att han orkar försöka. Hon är ... ouppnåelig. Och visst, hon är snygg. Men kaxig, och inte särskilt

schyst. Glöm henne, tänker Eva. Och det är som om Alexander har hört tanken, för han är snabbt framme vid nästa tjej, Julia, och hon nobbar inte.

Både Alexander och Tomas dansar bra. Det är som om de vågar mer än andra killar, de snurrar och skrattar och slänger och dänger med armarna, de har kul på dansgolvet och det syns. Adam är mysigast i världen att dansa tryckare med. Men han skulle släppa loss lite mer till de snabbare låtarna.

Det är när Tomas och Annika efter två rockiga låtar stannar kvar på dansgolvet och det blir en tryckare, som Eva får syn på Sofia. Omärkligt har hon flutit fram till kanten av dansgolvet. Hon står ett par meter ifrån Eva, men deras blickar möts inte. Sofia stirrar rakt fram, med svarta ögon och armarna i kors. Blicken är riktad mot dansgolvet. Mot Annika. Och, förstås, mot Tomas.

– Hej, säjer han när han får syn på henne.

– DANSAR DU TRYCKARE MED EN ANNAN TJEJ, NÄR JAG HAR VÄNTAT PÅ DEJ HELA KVÄLLEN?

Sofias röst skär som en skarp kniv genom den softade musiken.

– Jag ..., börjar Tomas.

– JAG ÄR TRÖTT PÅ ATT DU BARA SKITER I MEJ, fräser Sofia. NU GÖR JAG SLUT!

Hon vänder på klacken och marscherar mot utgången. Tomas står som förstenad. Bredvid honom står Annika, som fastfrusen i golvet. Några har väl redan gått hem. Några kom inte över huvud taget. Och några är väl på toa. I övrigt kan ingen i hela plugget ha missat att Sofia och Tomas plötsligt inte längre är ett par.

FEMTE KAPITLET

Tjugo tjejer i timmen

Tomas är inte på fotbollsträningen. Fast han var i plugget. Det har aldrig hänt förut. Om han inte är riktigt sjuk eller bortrest så kommer han. Han satsar.

Det gör inte Alexander. Inte längre. Trots att han verkligen är bra i målet. Adam har börjat oroa sig för att Alexander har tröttnat på fotbollen. Det här är tredje träningen den här terminen som han skolkar – nej, där kommer han ju!

Alexander sladdar in på planen på sin mountainbike och kutar mot omklädningsrummet. Tränaren lyser upp. Han gillar Alexander. Men Adam misstänker att han har börjat oroa sig för samma sak som Adam.

– Okej, nu tränar vi skott! ropar tränaren när Alexander kommer ut på planen viftandes med sina stora målvaktshandskar.

– I'm the greatest! hojtar Alexander när han tar
Adams första skott.

Han gör segertecknet med båda händerna och räcker
ut tungan, och alla skrattar. Det är inte bara tränaren
som gillar Alexander. Alla gör det. Det behövs någon i
laget som är som han.

Alexander leder sin cykel. Adam ska ta bussen. Han är
seg i benen. Det brukar han vara efter träningarna. De
slutar alltid med att dela upp sig på två lag och spela

match. En del i laget tar aldrig i lika mycket som när det är riktig match mot ett annat lag i serien. De går mest på halvfart, och blixtrar till då och då. Men Adam och Tomas och några till går alltid för fullt. Det är helt enkelt roligare då. Tycker Adam. Men så blir han tung i benen också.

– Varför kom inte Tomas då? frågar han. Tror du att det är för att han deppar för det där med Sofia?

Adam vet ju hur det känns när det tar slut. Det var slut med Eva, ett kort tag som kändes som tusen miljarder år. Tomas är visserligen inte någon som ser ut att deppa. Men han vill kanske inte visa för andra hur det känns. Det är också något som Adam vet en del om.

– Äh, säjer Alexander.

– Kan det väl vara, säjer Adam.

– Jag tror att han skulle till tandläkaren.

De är framme vid busshållplatsen.

– Jaha, man kanske skulle satsa på Sofia nu då, säjer Alexander och

ler. Hon är faktiskt rätt snygg.

– Eller Annika? säjer Adam.

– Ja. Hon är faktiskt också rätt snygg.

Adam ler. Han vet att Alexander vet att Adam inget hellre skulle vilja än att Alexander blev ihop med Annika. Adams bästa kompis och Evas bästis. Då skulle Alexander och Adam kunna träffas ännu mer.

Men Alexander hade chansen. Han kunde ha blivit ihop med Annika. Hon ville. Och han ville också, egentligen, det har Adam fattat efteråt. Men Alexander gjorde bort sig. Ordentligt. Så det är nog kört för alltid.

– Allvarligt talat, Alex, så borde det faktiskt vara du och Annika!

– Allvarligt talat, Adam, så måste jag dra nu!

Alexander flinar, vinkar och trampar iväg – som han så ofta gör när det blir för allvarligt och nära och på riktigt.

På bussen sitter Adam och läser Aftonbladets rosa sportbilaga som någon glömt kvar.

– Hej!

Adam tittar upp. Där står Sofia.

– Kan jag sitta här?

Stolen bredvid Adam är tom.

– Visst, säjer han. Såklart.

Han gömmer undan sporttidningen. Han vet inte varför. Kanske är det för att han vet att Sofia var trött på att Tomas var en sån sportfåne.

De snackar. Sofia ber om ursäkt för att hon var så sur mot Adam på discot. Det var ju Tomas hon var arg på. Och Adam säjer att det fattade han.

När Adam går av bussen tänker han på Sofias skrattgropar när hon plötsligt fnissade till åt något som Adam hade sagt. Han tänker på den svaga doften av parfym som kom från hennes hals. Han undrar varför han bara tänkt på hur Tomas känner det efter att de gjort slut – varför har han inte tänkt på hur jobbigt det måste vara för Sofia? Och så tänker Adam att Sofia faktiskt är en av de sötaste tjejerna i klassen.

Och precis när han har tänkt det så hör han den arga lilla rösten inne i sitt huvud:

– Varför tänker du på andra tjejer?

Det är en bra fråga. Och Adam har inget svar. Han skulle aldrig byta Sofia mot Eva. Han skulle aldrig byta Eva mot någon annan tjej i hela världen. Ändå hamnar han i såna här tankar, gång på gång.

Gör alla killar det? Eller är det Adam som är knäpp? Eller är det normalt? Han skulle verkligen vilja veta.

Alexander säjer att killar tänker på tjejer tjugo gånger i timmen. Han säjer att han läst det i tidningen. Hoppas det stämmer. För då är Adam trots allt ganska normal.

Men det är ändå pinsamt. Det är som om han sviker Eva, inte mycket, visserligen – men ändå *för* mycket. Han vill vara en som aldrig sviker, en som man alltid kan lita på. Som Eva. För inte far det väl såna här tankar genom Evas hjärna också? Nej, det kan han inte tro!

SJÄTTE KAPITLET

Basket, ishockey och fotboll

Eva passar Annika. I en lång, snygg båge får hon iväg basketbollen, och Annika fångar den framför näsan på Sofia. Annika studsar bollen två gånger, tittar upp mot korgen – och plötsligt ligger hon på golvet och har ont.

– Vad gör du? fräser Annika. Är du inte klok?

– Foul! ropar Mia. Det är inte ishockey, det här!

Alla tittar på Sofia. Det var hon som satte in tacklingen på Annika. Men hon säjer ingenting. Inte ens förlåt.

Eva och Annika är sist kvar av alla i omklädningsrummet efter gympan. Eva försöker borsta ut några motsträviga tovor ur sitt nyduschade hår. Annika drar sakta på sig strumporna.

– Jag vet varför hon gjorde det, säjer Annika plötsligt.

– Det kanske inte var med flit?

– Jo. Hon är fortfarande sur för att jag dansade med Tomas. Tänk om hon tror att jag är kär i honom!

Eva kan inte hålla sig.

– Är du inte det då?

Hon ler. Och då skrattar faktiskt Annika. Fast de just har pratat om det förbjudna ämnet.

– Lägg av!

– Hur många gånger ska jag behöva säja det? undrar Eva. Hon var arg på Tomas!

Men Annika kan inte glömma det som hände på dansgolvet. Gång på gång kommer hon tillbaka till hur pinsamt det var att stå där inför alla och se ut som skurken i dramat, orsaken till att Sofia gör slut med Tomas.

– Tänk på hur pinsamt det måste ha varit för Tomas, då!

– Ja, suckar Annika. Det gör det ju bara ännu värre!

På rasten drar Alexander en dålig rolig historia. Eva suckar, Annika fnyser, Adam orkar med ett trött leende. Det är bara en som skrattar. Tomas. Men han flabbar å andra sidan desto mer.

Alexander är inte den som ger upp så lätt. På med en ny historia. En lite rolgare. Eva kan inte låta bli att fnissa till. Tomas fortsätter att skratta. Och först nu ser Eva det. Det lyser ju om Tomas. Han

visar hela världen vad som har hänt, och ändå ser ingen det.

– Tandställningen! piper hon och pekar fånigt mot hans mun.

Tomas ler brett. Alla ser på honom. En efter en i klassen strömmar till för att inspektera. Och Tomas ler, skrattar, ler, visar tänderna, skrattar och ler och skrattar.

Plötsligt vet Eva vad hon ska göra. Hon tar Annika i handen, drar henne med sig och berättar att Adams lag har match på kvällen.

– Och?

– Ja, Alexander spelar ju också i laget. Och Tomas.

– Och?

Eva ler. Visar tänderna som Tomas.

– Vi måste ju gå dit och heja! Eller hur?

Hon säjer inget mer. De ser på varandra. Eva vet att Annika vet att Eva i vanliga fall hellre gör tusen andra saker än går på fotboll. I början gjorde hon det ändå ibland, för Adams skull. Men det var längesen nu. Så Annika måste fatta.

– Eller hur? tjatar Eva.

– Jag vet inte, säjer Annika och ser tveksam ut.

Det räcker för Eva. För Eva vet ju. Så det räcker åt Annika också.

Tunnlar och tvåfotare

Adam kastar i sig maten. Idag äter de tidigt. Utan mamma, som måste jobba sent. För Adams skull. Ibland blir det för mycket, det här med att allt ska göras för Adams skull.

Adams förslag var att han skulle äta mackor. Han gillar mackor. Och han tycker att det är skönt att äta själv, sådär utan att det är så noga och fixat. Läsa sportsidorna i tidningen eller en serietidning samtidigt. Bre

ut sig, armbågarna på bordet, dricka direkt ur mjölk-paketet, allt det där man kan göra när ingen ser. Få vara ifred, helt enkelt. Men hans pappa sa som vanligt:

– Klart du måste ha lite riktig mat i magen när du ska spela match. Jag kan nog gå lite tidigare från jobbet. Det här ordnar vi.

– Pappa, du behöver inte ...

Men Adams pappa kom hem, köpte en grillad kyck-ling på vägen och ordnade tidig middag. Allt för att Adam skulle komma mätt och glad till sin fotbolls-match.

– Eva ringde när du satt på toa.

– Jag ringer henne när jag kommer hem från mat-chen, säjer Adam. Nu måste jag sticka.

– Jag diskar upp här och sen kommer jag. Jag tar bilen, så är jag nog där till kick-off.

Kick-off! Avspark heter det. Eller matchstart. Ingen säjer kick-off. Vad får han allt ifrån?

– Hälsa grabbarna att de inte ska springa offside hela tiden idag, va?

– Mm.

Adam rusar nerför de många trapporna. Går gör han aldrig, nerför trappor ska man springa.

Egentligen är det väl kul att hans pappa bryr sig. Adam borde vara glad. Det är bara det att ... ja, han bryr sig på ett så töntigt sätt. Han säjer fåniga saker.

Och han låtsas som om han kan en massa om fotboll, fast han egentligen inte fattar någonting. Han är pinsam, helt enkelt. Han skulle komma på matcherna, titta på, hålla tyst hela tiden – och särskilt efteråt, i stället för att komma med sina jättekorkade kommentarer om vad domaren eller målvakten eller någon annan borde ha gjort – och sen lugnt och stilla gå hem. Då skulle han vara välkommen, och Adam skulle bara vara glad över att ha en farsa som är intresserad av det han gör.

Ett tag oroar sig Adam för att Alexander har glömt tiden. Tränaren vill att alla ska vara där en halvtimme innan, och det brukar Adam vara. Liksom Tomas. Alexander brukar komma tjugo minuter i, men det gör han inte nu. Men tio minuter före avspark glider han in i omklädningsrummet och lyckas se ut som om han har all tid i världen på sig.

Adams pappa är förstås på plats. Och Tomas mamma. Hon missar heller aldrig en match. Men just när bollen sätts i spel får Adam syn på någon han inte väntat sig att se. Eva har kommit. Det var längesen! Och Annika har hon med sig.

Av någon idiotisk anledning blir Adam nervös. Han vill visa Eva hur bra han har blivit. Typiskt nog så missar han grovt de två första gångerna han får bollen.

– KOM IGEN, ADAM! VAKNA!

Om det var tränaren som ropade hade det väl gått
an. Men nu är det Tomas. Dålig stil – och faktiskt ty-
piskt Tomas – att hålla på och klaga på sina egna lag-
kamrater. Kan han inte fatta att Adam gör sitt bästa, ja
att alla gör det? Man ska uppmuntra varandra i laget,
det är ju det som är meningen med att vara ett lag! Var-
för säjer inte tränaren till Tomas att hålla käften? Men
det är faktiskt också typiskt, bara för att Tomas är så
bra så verkar det som om han får göra lite hur han vill.
Hade någon annan gapat sådär hade han fått sig en rik-
tig utskällning med en gång, det är Adam säker på.

– Heja Adam! hör han Eva ropa. Kom igen, Tomas!
Sätt den nu!

Och Adam kommer igen. Nervositeten släpper, han dribblar av två spelare och får fram en passning till Tomas. Han är så fri att det nästan är omöjligt att missa – och det gör han inte heller. Ett hårt skott till höger om målvakten och IFK tar ledningen.

Domaren blåser av matchen. Adams pappa klampar in på planen.

– Bra match, säjer han. Men vilken otur ni hade. Och visst var det straff, det där?

Och för en gångs skull tycker Adam att han har rätt. Adam gjorde en sån där grej som aldrig lyckas i vanliga fall. Först gjorde han en tunnel på en kille, och sen – det bästa – en tvåfotsdribbling som lurade bort deras back totalt. Han hade övat varenda träning på att göra just den där dribblingen och sakta men säkert börjat få den att sitta. Men ändå, att lyckas med den när det är match och dessutom i ett viktigt läge, det kändes bra i hela kroppen. Och mål kunde det också ha blivit, men just när Adam skulle skjuta så blev han fälld. Och inte blev det straff heller, domaren tyckte till skillnad från alla andra att det hände utanför straffområdet, och dömde bara frispark.

– Klart det var straff, säjer Adam. Vad tyckte du?

Han ser på Eva. Hon pussar honom på kinden.

– Jag tittade bort just då, säjer hon. Men alla säjer att du dribblade jättesnyggt.

Tvåfotaren! Hon missade den! Adam försöker att inte se snopen ut. Och Eva vänder sig mot Tomas.

– Va bra du var! säjer hon. Eller hur, Annika? Visst var Tomas bra?

– Visst, säjer Annika.

– Ska vi göra nåt efter matchen? Hänger ni med hem till Annika?

Eva tittar mer på Tomas än på Adam när hon frågar.

44

– Okej, säjer Tomas.

– Gärna, säjer Adam.

– Okej, säjer Alexander. Hänger ni med in i omkläd-
ningsrummet och duschar?

– Okej, säjer Eva.

Hon ler. Men självklart gör
hon det inte. Utom i Adams tan-
kar. Hela tiden när han står där
i duschen är bilden av Eva med
honom. Hans Eva, i samma
dusch, utan kläder. Den bil-
den svävar någonstans ovan-
för honom, trots att det enda
sällskap han har är en massa
gapiga killar. Det är tur att
man har sina tankar för sig
själv. I alla fall om man har
såna tankar som Adam.

– Vad står du och ler
åt? säjer Alexander.

– Eh … matchen.

Och även om det
inte är sant så känner
sig Adam ändå nöjd
när han tänker
på den.

Visst, de förlorade, och det var inte riktigt rättvist. Men Adam spelade bra, bättre än vanligt. Han lyckades med en tvåfotare. Och Eva var där. Hon kom, för att titta på honom, fast han inte ens hade frågat om hon ville. Det betyder faktiskt något.

Lätt att
hålla sig för skratt

Eva skäms lite. Adam förstår ingenting. Han är så ...
oskyldig på något vis.

– Va kul att du kom, säjer
han.

– Ja, säjer Eva. Tycker
jag med.

De går hand i hand.
Han ser lycklig ut. Eva
blir varm i magen när hon
ser det. Samtidigt som
hon fortsätter att skäm-
mas. För Adam, som
tror alla om gott och
inte fattar hur hemsk

Eva är innerst inne, han tror att Eva kom till matchen för hans skull. Och just nu önskar hon att det var sant. Men sanningen är att hon gjorde det för Annika, eller rättare sagt för att hon själv har en plan för Annika.

Men det är klart, även om det inte var så hon tänkte, så visste hon ju att Adam skulle bli glad. Och hon försökte ringa honom innan och berätta att hon tänkte komma. Vad skulle det tjäna till att berätta hur det verkligen står till? Det skulle bara vara att göra Adam ledsen i onödan.

Annika låser upp. Då jobbar väl hennes mamma sent. Det är inte första gången. Annika är sur för att hennes mamma är borta så mycket – men både hon och Eva tycker förstås att det är väldigt praktiskt, när de vill vara ifred.

Med Eva är det tvärtom. Hon är sur för att hennes föräldrar aldrig kan ta med sig Max och Tobbe och sticka någonstans och låta Eva ha huset för sig själv. De sitter där som soffpotatisar framför teven och kommer aldrig iväg på någonting. Sån vill Eva inte bli när hon blir stor.

– Te? frågar Annika.

Alla vill ha. Men Eva vet att Adam egentligen helst skulle dricka varm O'boy, men han säjer inte något eftersom alla skulle tycka att det är lite barnsligt.

De dricker sitt te. Mellan Annika och Tomas har

Alexander satt sig. Det är irriterande. Eva hade inte ens tänkt att han skulle följa med.

Ingen säjer något. Annika och Tomas tittar inte ens på varandra.

– Vad bra ni var idag, säjer Eva. Det var jättekul att se!

Hon hör själv att det låter fånigt. Men det får inte vara tyst. Hon måste få igång snacket, annars blir det pannkaka av hennes planer.

– Eller hur, Annika? Visst spelade dom bra!

– Ja, säjer Annika.

Och det är det enda hon säjer.

– Äh, säjer Tomas. Vi förlorade ju!

– Så viktigt är det väl inte! Man måste kunna skratta även om man torskar, eller hur? Garva lite då, Tomas! Kom igen!

Alexander ser retsam ut. Vad vill han?

– Åt vad då? muttrar Tomas.

– Du gör ju inget annat än skrattar nu för tiden – sen tandställningen försvann!

– Passa dej så jag inte slår ut *dina* tänder!

Alexander flinar.

– Kom igen, Tomas! Jag skämtar ju bara!

Nu visar Tomas alla sina tänder. Utan att se glad ut för det.

– Kolla! Jag skrattar ihjäl mej åt dej!

Det är riktigt dålig stämning. Både Adam och Annika ser mest ut att vilja försvinna. Jävla Alexander! Har han fattat Evas plan, är det därför han håller på så här? Han som var kär i Annika förut, och sabbade det för både sig själv och Annika. Tänker han förstöra för Tomas nu?

– Är det inte jobbigt att träna så ofta? säjer Eva snabbt. Två gånger i veckan! Så mycket skulle jag aldrig orka träna.

Adam ser förvånat på henne. Han vet ju att det aldrig varit något problem för Eva att spela teater två gånger i veckan. Hon ger honom en blick. Fattar han inte att han måste hjälpa till, sätta igång snacket, få Alexander och Tomas att sluta bråka? Jo, kanske ändå.

– Ibland känns det lite mycket, säjer han. Fast det är … kul också.

– Jag skulle kunna träna tre gånger i veckan, säjer Tomas. Man måste ju träna om man vill bli nåt.

– Vadå? säjer Alexander. Skulle inte du kunna träna åtta dar i veckan om du fick?

Han flinar. Adam ler försiktigt. Men Tomas ser inte road ut.

– Kolla, säjer Alexander. Titta på Tomas huvud! Det börjar liksom se ut lite som läder, eller hur? Jag tror att du håller på att *förvandlas till en fotboll!*

Han skrattar.

– Om du tränade lite mer skulle du kanske inte vara

sådär jävla dålig som du var idag, fräser Tomas. Om du inte hade klantat dej och släppt in det där första målet hade vi vunnit, det är jag säker på!

– Lägg av nu! säjer Adam. Fan va ni är jobbiga! Skärp er!

Och det hjälper faktiskt. Tomas och Alexander grälar inte mer. Det tråkiga är att kvällen ändå är förstörd.

Det är en fin kväll. Månljus. Ganska varmt. Tyst och stilla. Hon går bredvid Adam. Allting skulle kunna vara väldigt romantiskt. Om hon var på rätt humör.

– Vad är det med Alexander? Han har ju blivit helt knäpp!

– Jo, säjer Adam. Han var lite ... konstig. Men Tomas var ju också ...

– Sluta! säjer Eva. Du tänker väl inte försvara honom? Han sabbade ju hela kvällen!

– Jag sa bara att Tomas också var jobbig. Han är en dålig förlorare! Komma och snacka om att det var Alex fel bara för att han inte nådde den där frisparken! Jag tycker att det är dåligt, vi är faktiskt ett lag, då ska man inte ...

– Jag skiter i er jävla fotboll! Det jag bryr mej om är att Alexander kommer hem till min bästa kompis och bara förstör! Fan va han är dum i huvudet!

Redan när hon säjer det vet hon att hon tar i för mycket. Och säjer det på fel sätt, får det att låta som om det var Adams fel det som Alexander gjorde.

Och Adam, han blir förstås alldeles tyst. Ett litet nästan ohörbart "hej då" innan de skiljs. Annars tystnad, den hänger där som en anklagelse i luften.

Okej, tänker hon. Det är inte ditt fel, Adam. Men det är faktiskt inte mitt heller!

Och så fort hon tänkt det blir hon arg på hans tystnad. Hon borde inte ha sagt det hon sa, inte på det sättet. Men Adam anklagar fel person, den som sabbade alltihop var faktiskt hans egen kompis!

När Eva kryper ner i sängen på kvällen kommer hon inte ner. Det går inte att sträcka på benen, hur hon än försöker. Vad är det med lakanet? Hon hör skratt ifrån dörren. Och då fattar hon förstås. Någon har bäddat säck.

Där står Max. Han ser lycklig ut. Bakom honom står Tobbe. Man behöver inte vara Einstein för att förstå hur det har gått till.

– Du gick på det! säjer Max.

– Har Tobbe lärt dej bädda säck? frågar Eva.

Max nickar. Tobbe flinar. En underbar final på en redan fullständigt katastrofal kväll! Och nu ser de förväntansfulla ut, hennes älskade bröder. Eva vet vad de väntar på.

– Kul, säjer Eva och ler. Bra skämt! Grattis!

Både Max och Tobbe ser först förvånade och sen snopna ut.

– God natt, säjer Eva och börjar bädda om sängen.

Bröderna står kvar och bara tittar. Sen dryper de av. Eva kryper ner mellan lakanen. Och äntligen kan hon le. Hon klarade det! Hon kastade inte saker efter dem. Hon skrek inte av ilska. Hon exploderade inte som de hade trott och hoppats. Nej, hon vann faktiskt. Efter alla motgångar så fick hon till slut en liten men ändå härligt skön triumf.

NIONDE KAPITLET

Att vara osårbar

På vägen till plugget tänker Adam på hur det var innan han hade en tjej. Det är längesen nu. Han var nog en helt annan person då.

Han vågar mer nu. Han har ett helt annat självförtroende. Okej, jämfört med andra, Alexander till exempel, så är han väl fortfarande lite ... blyg. Han kan känna sig väldigt bortkommen ibland. Han har fortfarande lätt för att bli röd i ansiktet, och när han känner att det är på väg så blir det bara värre. Men allt det där har blivit bättre. Och då och då känner han sig nästan osårbar, det är som om ingen kan göra honom något, de kan retas och säja taskiga saker men han skakar det bara av sig – bara för att han har Eva.

Och samtidigt, det är det som är det konstiga, så är han mer sårbar än han någonsin varit. Om det inte är bra med Eva. Då faller allt samman. Han är förlorad. Han är ... ingenting.

Så känns det just nu, när han med motvilliga steg släpar sig in på skolgården. Bara för att Eva är arg. Eller *kanske* är det. Hjälper det om han säjer förlåt? Och vad är det han ska be om ursäkt för? Det är nästan det värsta, när man vet att något är på tok men inte riktigt vet vad och varför.

– Hej, säjer Eva. Förlåt att jag blev så sur igår!

Det är väl så här det är att vara ihop. Den största skillnaden mellan förr och nu. Att allt kan ändras på en sekund.

– Jaha, säjer Adam. Jag som tänkte säja förlåt till dej ...

Hon kysser honom. På munnen. Tungorna möts. Alla ser. Han blir inte röd i ansiktet. Han bara njuter. Han är osårbar – igen.

– LÄGG AV MED DET DÄR! hojtar Jonte. NI ÄR ÄCKLIGA!

Adam bryr sig inte. Hojta på, bara!

– Det var bara att allt blev så ... misslyckat igår. Inget blev som jag hade tänkt.

Och när Adam frågar vad Eva hade tänkt berättar hon, viskande, så att ingen ska höra. Samtidigt bubblar hon av entusiasm, hon kan inte låta bli att gestikulera med händer och armar. Folk tittar på henne. Men det är bara Adam som får veta planen: Att Annika nästan säkert är kär i Tomas, som nästan säkert är kär i henne. Att de passar ihop och borde vara ett par. Och att Eva – med Adams hjälp – ska se till att det också blir så.

Adam känner sig helkorkad, han hänger inte med i svängarna. Är det för att han är kille, har killar helt enkelt svårt att förstå sånt här? Eller är han rätt och slätt en korkskalle som har svårt att fatta vad det än gäller?

Alltså, både Eva och Adam har ju hoppats så mycket på att det skulle bli Annika och Alexander. Men nu är Eva arg på Alexander. Och vill plötsligt att det ska bli Annika och Tomas. Visst, Tomas är ju ... helt okej. Men det är Alexander som är Adams bästa kompis. Ändå verkar Eva räkna med att Adam hux flux ska hjälpa till att ordna något helt annat än det han och Eva har pratat om i evigheter.

– Vi fyra måste ha en middag! säjer Eva. Kan vi inte vara hemma hos dej?

– Vet inte ...

Adam förstår att hon med vi fyra menar att Tomas ska vara med. Och inte Alexander. Vad ska han tycka när han får höra det? Adam måste faktiskt snacka om det.

– Alex då?

Eva ser helt oförstående ut. Hon, som själv har en bästis!

– Vadå Alex?

– Det känns konstigt att ha en middag och inte bjuda Alex.

Eva suckar.

– Du brukar ju vilja träffa *mej* utan att han är med.

Klart att Adam gör. Med Eva är han – såklart – helst ensam.

– Ja, och nu är Tomas och Annika med också. Två till. Det är ju ingen fest han inte blir bjuden på, eller hur? Och hur lyckat var det igår, när han var med?

Hon vill verkligen, det märks. Och Adam vill verkligen göra henne glad. Särskilt som det blev som det blev igår.

– Snälla! Du vet hur det är hos mej, med Tobbe och Max som alltid förstör allting! Du kan väl fråga i alla fall?

Det känns inte helt rätt. Men Adam lovar att fråga sin mamma och pappa.

Adam diskar. Frivilligt. Hans mamma och pappa sitter kvar vid matbordet. Idag dricker de vin. De har fortfarande lite kvar i sina glas.

– Vill inte ni gå på bio
i morgon?

Adams mamma tittar
upp.

– Jo, visst. Det kunde vara
kul. Vad vill du se?

Adam vispar lite okoncentrerat
runt med diskborsten i en kastrull.

– Jag tänkte att ... *ni* skulle gå på
bio. Eller nåt. Och att Eva och jag
skulle ha middag ... här.

Adams pappa skrockar till.

– Det var inte dåligt. Bjuder ni oss
först på middag, och sen går vi på bio?

– Nej! Vi ...

– Vi förstår, säjer Adams mamma. Pappa retas bara.
Du vill ha oss ur vägen, så att ni kan ha middag.

– FF, fyller Adams pappa i. Föräldrafritt! Eller hur?

– Ja, säjer Adam.

– Ingen röjarskiva bara! Hur många tänkte du
bjuda?

Det jobbiga händer i plugget nästa dag. Just när allt känns
bra, när han berättat den goda nyheten för Eva och hon
är precis så nöjd som han trodde att hon skulle bli.

– Var ska vi se matchen i morgon?

– Va?

Men redan när han säjer det vet Adam att det är något han har glömt. Hur kan han göra en sån miss?

– Kom igen, säjer Alexander. Matchen!

Det är ju fotboll igen. Den näst sista matchen i VM-kvalet, Sverige ska ta ett avgörande kliv mot VM-slutspelet, och Adam ska vara där framför teveapparaten och göra sitt för att heja fram laget. Eller rättare sagt; det hade varit det normala.

– Ett par från farsans jobb ska äta middag hos oss, så det blir väl lite sådär ... Jag skulle hellre se den hos dej, men det går ju hos mej också, vi får flytta in teven på mitt rum, och ...

– Jag ... har bestämt med Eva, säjer Adam.

– Va?

– Jag kan inte se matchen.

Alexander stirrar på Adam som om han just klivit ur ett rymdskepp från en annan planet.

TIONDE KAPITLET

Riktigt viktigt –
för vissa ...

När Eva snackar med Annika i telefon – mycket kortare än hon brukar – så är Tobbe där och stressar henne och går på om att hon borde skaffa eget abonnemang och att han väntar på viktiga samtal. Och när hon duschar så rycker han flera gånger i dörren och hojtar att vattnet snart tar slut i hela kommunen och att han har bråttom. Eva svarar inte. Och hon tar god tid på sig.

– Det finns faktiskt lite vatten kvar, säjer hon när hon kommer ut. Fast bara kallvatten, förstås.

– Eva, jag tror att du duschade bort dom sista hjärn-cellerna där inne. Jag hade hoppats du skulle bli lite bättre med åren, men du är ju värre än nånsin nu!

Eva ler. Tobbe ser sur ut. Det har ju alltid varit tvärtom. Han retas och hittar ständigt på nya taskigheter och hånskrattar, och Eva skriker och bråkar. Men nu, om hon bara lyckas hålla masken, om hon lyckas strunta i honom och behålla sitt lugn vad han än gör – då är det hos honom det brister i stället. Hon måste försöka hålla fast vid den taktiken. Tänk att det tog så många år att komma på hur hon skulle göra.

– Tyvärr blir det inget Bolibompa för dej idag, säjer Tobbe. Mina polare kommer hit för att kolla på matchen, och ...

– Va synd, säjer Eva. Det skulle vara jättekul att se på teve med dina mysiga polare. Men jag har andra planer.

Hon nästan svävar ut ur huset. Han har verkligen försökt. Men Tobbe har inte fått henne ur balans, inte en enda gång på hela dagen har han fått henne att tappa humöret. Hon är ... osårbar!

Eva har Adams skidglasögon på sig. Det funkar faktiskt. Hon brukar alltid gråta när hon hackar lök annars, men nu blir det inte en endaste tår.

Det fräser till när hon skyfflar ner löken i stekpannan. Adam pressar i tre klyftor vitlök.

– Hjälp, säjer Eva. Nu blir det inget pussande!

– Vadå? säjer Adam och ser ut som ett frågetecken.

– Vitlöken, säjer Eva. Lukten. Alltså, mej gör det inget, jag pussas gärna ändå, och jag älskar vitlök, men ... Äsch, jag bara skojade!

– Jaha.

Adam ser nollställd ut. Det är som om han är någon annanstans i tankarna idag. Bekymrad över något, kanske. I vart fall inte på humör. Eva kan inte låta bli att känna sig irriterad över det. Just idag, när Annika och Tomas kommer. Och Eva själv är på så bra humör.

Det tänker hon fortsätta vara. Ingen ska få förstöra det för henne.

Det är en bra kväll. Köttfärssåsen är kryddig och god. Spagettin är jättegod, inte alls sådär mjölig och kladdig som i skolan. Och så har Adam rivit massor av ost, en hel tallrik full, och Eva kan inte fatta att de aldrig har riven ost på spagettin hemma, det är ju hur gott som helst.

– Va gott det var, säjer Annika.

Alla håller med, och Adam ser nöjd ut.

– Brukar du och Adam inte käka spagettin ur samma tallrik? frågar Tomas. Sådär som Lady och Lufsen?

– Nä, svarar Eva. Men du kan väl äta så med Annika!

Tomas ler och visar alla sina jämna tänder, det är som om han gjorde tandkrämsreklam. Annika ler också, samtidigt som hon ser lite generad ut. Men de fortsätter att äta ur var sin tallrik.

Det här går bra, tänker Eva. Det är något i luften. Annika kollar inte ofta på Tomas. Men när hon gör det, och det gör hon när han tittar åt ett annat håll, så har hon något i blicken. Det kan bli något. Det *ska* bli något. Det måste!

Till efterrätt blir det glass och varma hallon. Det som Adam bjöd på den dagen han och Eva kysstes för första gången sen de blivit ihop. Eva blir alldeles varm när hon tänker på det.

Just när Adam sätter tallrikarna på bordet tittar Tomas på klockan.

– Vi kan väl käka framför teven?

Eva ser på Annika. Annika ser på Eva. Det syns att hon inte heller fattar någonting.

– Matchen, säjer Tomas. Den börjar ju om tio minuter!

Adam sneglar på Eva. Nu ser han sådär bekymrad ut igen. Och en efter en trillar pusselbitarna på plats i Evas huvud. Det pratades om det i skolan. Anna-Lena, som spelar fotboll i ett lag som jämt verkar vinna och är jätteintresserad, och flera av killarna snackade om var de skulle vara och titta. Tobbe, som inte är särskilt sportintresserad, skulle få hem kompisar. Halva Sverige ska säkert kolla, det måste röra sig om en riktigt viktig fotbollsmatch.

I alla fall tycker Adam det, det förstår Eva nu. Det förklarar en del. Och ...

– Jo, börjar Adam. Vi hade inte tänkt att ...

– Klart vi äter framför teven, säjer Eva. Eller hur, Annika?

Annika nickar. Adam tittar på Eva med stora ögon. Och Eva tänker att Tomas, han är definitivt en sån som tycker att viktiga matcher är viktiga. Han är en sån som skulle gå hem om han inte fick kolla.

Och Eva, hon är en sån som kommer på saker i tid. Tänk om hon inte hade hunnit avbryta Adam, tänk om hon inte hade fattat. Då hade Tomas gått hem och allt skulle ha varit förstört.

När Adam slagit på teven, och matchen dragit igång, tänker Eva att hon är som en fotbollsmålvakt. Hon har räddat kvällen, precis som en målvakt som tar en boll som alla tror kommer att gå in.

– NEEEEEJ! skriker alla fyra när ett svenskt långskott går tätt över målet.

Annika och Tomas tjuter högst. Han tittar förvånat

66

på henne. Hon ser själv förvånad ut. När deras blickar möts börjar hon fnittra. Och Eva ser det och tänker att fotboll faktiskt kan vara riktigt kul. Någon gång ibland. Om man ser det ihop. Och med rätt sällskap.

ELFTE KAPITLET

En riktigt bra dag
– eller?

Dagen börjar dåligt, med ett onödigt gräl. Det Adam inte anar är att det bara är början ...

– Ni kunde faktiskt ha diskat efter er, säjer Adams mamma.

Inget "God morgon". Inget "Hade ni kul igår?". Hon börjar dagen med att gnälla.

– Vi *började* faktiskt diska. Men det var ju VM-kval, och ... ja, vi glömde bort det. Jag gör det idag i stället.

– Ja, nu har pappa redan gjort det.

– JAHA! MÅSTE DU LÅTA SÅ JÄVLA SUR FÖR DET?

Och så är det igång. Och Adam säjer taskiga saker, och fräser, och smäller i dörren – och ångrar sig efteråt.

Adams mamma som aldrig ens brukar höja rösten. Eva brukar fråga om det aldrig grälas hemma hos Adam, och då säjer Adam alltid att visst bråkas det en del. Men han tänker alltid att hans familj nog är ovanligt fredlig av sig ändå. Desto konstigare är det som händer nu. Gång på gång den senaste månaden har han rykt ihop med sin mamma, och varje gång blir han mycket argare än han har tänkt sig. Adams pappa försöker ingripa ibland, men mest sitter han som ett fån och tittar på dem och fattar ingenting. Faktum är att Adam inte heller riktigt förstår vad all irritation kommer ifrån, den bara finns där, både hos honom och hans mamma, det är som om den ständigt ligger och pyr och blossar upp i ett ilsket gräl vid minsta gnista.

I skolan händer ingenting först. Men så, i matsalen, kommer Tomas och lutar sig över bordet där Adam och Alexander sitter.

– Vilken match igår! Eller hur?

– Suverän, instämmer Alexander.

Adam öppnar munnen. Men han vet inte vad han ska säja.

– Den där lobben, fortsätter Tomas. Så iskallt, alltså! Adam och jag höll på att pissa på oss av lycka! Eller hur, Adam?

– Jo.

Tomas går mot utgången. Alexander ser på Adam.

– Du skulle ju inte se matchen?

– Nä. Det var Eva som … men så ändrade hon sej.

– Jaha, säjer Alexander. Hon bestämmer tydligen allt nu?

Han ler. Det är något konstigt med hur han gör det.

– Till exempel att du ska vara taskig mot mej! fyller han på med.

Adam vill förklara. Men Alexander vill inte lyssna. Han går bort till slaskhinken, tömmer ut resterna, dänger ner tallriken, besticken och glaset i diskstället så det skräller i hela matsalen och marscherar ut.

Nästa rast snackar Alexander bara med Jonte. Han tittar inte åt Adam.

– Jag har en idé, säjer Eva.

Men Adam lyssnar inte. Han ser på Alexander och Jonte. Och han tänker att Alexander hade rätt. Det är det som är det värsta. Adam har varit taskig. Han har svikit. Så när Alexander nu låtsas som om Adam bara är luft så är han i sin fulla rätt.

– Hör på då! säjer Eva.

– Va?

Eva försöker viskande förklara att hon har tänkt ut olika sätt för Tomas och Annika att bli ensamma med varandra. Hon vill dra dem för honom, och höra vilket han tror funkar bäst. Men Adam är okoncentrerad och inte på humör att engagera sig i den eventuella romansen mellan Annika och fel kille – för rätt kille enligt Adam, det är ju fortfarande Alexander.

– Nähä, men skit i det då! fräser Eva. Vad är det med dej, egentligen?

Det börjar Adam också undra. Eva bara vänder på

klacken och marscherar därifrån. Medan Adam står och tittar efter henne, utan att öppna munnen.

Nu är han ovän med sin mamma, sin bästa kompis och sin tjej. Härligt! Bra jobbat! Det är en riktigt bra dag idag! Och den är inte ens slut.

TOLFTE KAPITLET

I kärlek
är väl allt tillåtet?

På natten flyger en svart korp in genom Evas fönster. Den sätter sig på sänggaveln och bara stirrar på henne.

– Vad vill du? frågar Eva.

– Följ med mej, väser korpen.

Eva känner att hon borde göra det. Men hon är tung, hon väger tusen kilo. Hon kan inte röra sig.

Det fladdrar till. Stora svarta vingar fyller rummet och så landar en korp till, bredvid den första.

– Följ med mej, väser även denna korp.

Eva kan inte. Hon vill inte välja. Och så måste hon hjälpa Annika. Det är det sista hon hinner tänka, den sista underlighet som sitter kvar i hennes medvetande – sen vaknar hon.

Drömmen är svår att skaka av sig. Hon tänder

73

sänglampan och går upp och kissar. Det är sällan hon drömmer mardrömmar, hon vet att hon gjorde det under ett par år när hon var yngre, men numera är det långt mellan gångerna.

Hon dricker ett glas vatten innan hon kryper ner under täcket igen. Nu ska det nog gå att somna om. Utan att hon behöver träffa korparna igen.

Just innan hon somnar om dyker de ändå upp. Eller rättare sagt en tanke som handlar om dem. De liknade ... någon. En var Adam. Jo, så var det. Och den andra korpen var Tomas.

Vid frukostbordet sitter var och en i sina egna tankar. Tobbe skickar smöret när Eva ber om det. Utan någon retsam kommentar. Det är obeskrivligt skönt att det faktiskt råder frid i huset ibland.

– Titta, säjer Evas pappa. Dom kör "Mitt liv som hund" på teve ikväll.

– Den är ju helt underbar, säjer Evas mamma. Kan vi inte se den allihop?

Ingen säjer emot. Familjen är med på noterna. En fridsam, enig familj ska ha en myskväll ihop. Drömmer Eva igen?

I klassrummet sneglar Eva på sin kompis. Hon ser det hon hoppas. Annika sitter och tittar på Tomas. Och nyss, när Annika satt och skrev på sin uppsats, så tittade Tomas på Annika. Länge, tills hon såg upp från sitt papper. Då skyndade han sig att kolla ut genom fönstret.

Det är så tydligt. I alla fall om man har ögonen med sig.

Nu vänder sig Annika mot Eva. Deras blickar möts och Eva ler. Annika besvarar leendet och blir lite röd om kinderna. Hon förstår att Eva fattar.

Eva och Annika förhör varandra på engelskaläxan. Eva ligger i sin säng och läser svåra meningar på engelska. Annika sitter i Evas fåtölj och försöker översätta till svenska.

– Do you love him? säjer Eva plötsligt.

– Älskar du ...

Annika hejdar sig.

– Lägg av. Det där stod inte i boken. Men ... visst, jag tror att jag gillar honom ... lite grann i alla fall.

– Han gillar i alla fall dej, säjer Eva. Och inte lite grann heller.

Annika ser glad ut. Hon bryr sig inte om att försöka dölja det.

– Tror du?

Eva nickar.

– He loves you. Adam och jag tänkte förresten gå och se den där nya filmen med Leonardo på fredag. Och Adam skulle fråga Tomas också. Hänger du med?

– Kanske det.

– Den ska vara himla romantisk.

Plötsligt börjar de fnittra, båda två, precis samtidigt.

Annika stannar och äter middag. Sen ser de långfilmen, tillsammans med Evas idylliska familj. Annika sitter bredvid Tobbe i soffan. Tobbe ger Annika en lätt knuff och sätter upp en förfärad min.

– Vad gör du? Eva, du måste säja åt din kompis att inte tafsa på mej. Du vet vad jag tycker om sånt.

– Ja, inget tafsande nu, Annika! Skärpning!

Säjer Eva, och kan liksom de andra inte låta bli att tycka att hennes storebror är en kul kille – ja, just ikväll, alltså. Annika nyper Tobbe i baken som svar på den falska anklagelsen.

– HJÄLP! tjuter Tobbe. KVINNAN ÄR GALEN! RING POLISEN!

– Tyst, säjer Evas pappa. Vi ser på film här!

– Just det, säjer Eva.

Men hon har själv lite svårt att koncentrera sig på filmen, fast den är så bra. Hon tänker på en annan film. Den de ska se på fredag. Tomas och Annika, alltså. Bara de två. För plötsligt ska det dyka upp något. Något som gör att Adam och Eva inte kan gå. Så Annika och Tomas måste gå själva. Och då ... då händer det.

En enkel men smart plan: På fredag blir de ett par. Annika blir äntligen ihop med en kille som hon gillar och som verkar rätt – och den som fixar alltihop, det är Eva!

Okej, visst är det småfult att luras på det här viset. Men efteråt kommer Annika vara tacksam. Hon kommer att tycka att Eva gjort just en sån sak som en riktig bästa vän gör. I krig och kärlek är allt tillåtet, heter det. Och även om det inte stämmer så är väl ändå mer än vanligt tillåtet. Åtminstone i kärlek. Och i alla fall det här.

Alla brister ut i skratt. Filmen är rolig, både rolig och sorglig på samma gång, det minns Eva från förra gången hon såg den. Men det hon ler åt, det är planen och det som ska bli resultatet av den. *Det kommer alltid att heta att det var hon som fixade ihop dem! Alltid!*

Bollstuds och tjejsurr

Studs studs studs. En boll, vit med svarta fläckar på, far upp i luften, gång på gång på gång. Varje gång den vill ner till marken kommer en fot med en fotbollssko på och kickar upp den en halvmeter igen.

Foten som skon sitter på tillhör Tomas. Resten av Tomas är måttligt intresserad av vad foten sysslar med. Huvudet är förvirrat och kvar i skolan.

Tankarna surrar runt som instängda humlor. De handlar om tjejer.

Sofia, surrar en tanke. Men den är liten. De första dagarna tänkte han nästan bara på henne. Det är konstigt med Sofia. De har ju varit ihop så länge. Men de har aldrig träffats särskilt mycket. Brukar man inte träffas mer när man är ihop?

Ibland har de varit väldigt kära. Ja, i alla fall har Tomas känt det så. Men de har ändå aldrig varit särskilt

mycket med varandra. Och den sista tiden hade han faktiskt sällan någon särskild lust att träffa henne. Ändå gjorde det ont när det tog slut. Det var så … definitivt. Det kändes direkt. Andra gånger har de blivit sams och ihop igen efter någon dag eller möjligen en vecka. Inte den här gången.

Han har funderat en hel del över varför det blev så. Men mindre och mindre för varje dag. Han har försökt att tänka på annat. Fotboll till exempel. Studs studs med bollen. Surr surr i huvudet.

Eva, surrar en annan tanke. Tomas tar upp bollen och försöker tänka på Adam i stället. Hans lagkompis Adam, som han snart ska träffa. Men i huvudet dyker Eva upp.

Inte så konstigt, egentligen. Bara idag, i plugget, så har han snackat med henne tre … nej, fyra gånger. Förut snackade han nästan aldrig med henne.

Tomas känner med tungan över tänderna – igen. Han gör det hela tiden. Tungan vill dit. Den kan inte vänja sig vid att tandställningen är borta. Varje gång den far över framtänderna, så är det blankt och slätt där allt skrotet satt. Det är overkligt. Otroligt. Suveränt.

Det är faktiskt först sen tandställningen försvann som han blivit kompis med Eva. Är hon sån? Hon vill bara vara med killar som har skrotfria tänder? Nä, knappast. Då vore hon en taskig skit. Och Eva har aldrig varit taskig. Sur och arg har han sett henne många gånger. Men inte taskig.

Det hänger nog snarare samman med att Tomas var ihop med Sofia förut. Fast nä, varför det? Eva är ju ihop med Adam. Och Tomas, han skulle inte bli kär i Eva ens om de gjorde slut. Eller?

Tomas kommer att komma först av alla. Han hinner med en tidigare buss än han behöver, fast han sölar sig fram och tricksar med bollen och tänker på annat.

Kajsa surrar in. Hon har bh. Hon har sagt det själv. Och det syns genom tröjan. Alla killar kollar på spännet bak på hennes rygg. Blicken sugs dit. Ett spänne. Det är töntigt egentligen.

Det är förstås för att de är så stora som hon har bh. För att hålla upp dem. Brösten. Det är ingen annan som har bh, vad Tomas vet. Inte för att han bryr sig.

Det är verkligen sant. Han bryr sig nästan inte alls. Inte idag. Tomas tänker på Kajsa av en enda anledning. Det är någon som är hos henne. Som skulle hem till henne efter plugget och dricka te och snacka.

Han hörde det för att han lyssnade noga. Och det gjorde han för att det var Annika som pratade. Av någon anledning så lyssnar han numera noga varje gång han hör hennes röst.

Tomas går mot busshållplatsen. Han har slutat sparka på bollen, men inte slutat tänka. Han tänker på Annika. Och det surrar, öronbedövande, i hans huvud.

FJORTONDE KAPITLET

Det kommer alltid fler bussar

Hon vet inte hur hon vet det. Fötter
som går på en grusgång, knaster
knaster, det skulle kunna ha va-
rit vilka fötter som
helst. Men hon är
säker. Hon vänder
sig inte om för att se efter. Hon bara vet att det är han.

– Sitter du här?

– Ja.

Annika sitter på träbänken vid busshållplatsen och
läser en tjejtidning. En tjej som väntar på en buss. Ingen
särskilt ovanlig företeelse, inget som borde förvåna. För-
utom att hon inte bor i närheten av just den här buss-
hållplatsen.

– Jag har varit hos Kajsa, säjer hon.

Och Kajsa bor i närheten. Hon bor i och för sig en liten aning närmare en annan hållplats. Men man kan nästan lika gärna gå till den här.

– Jaha.

Säjer Tomas. Han blir stående ett par sekunder. Som om han fortfarande inte kan begripa vad Annika gör på hans hållplats.

Så sätter han sig i alla fall. Annika sitter på mitten av bänken. Han sätter sig en bit ifrån henne, nästan på kanten. Hon makar sig lite åt andra kanten, ett par decimeter bara, liksom för att göra plats för honom. Han makar sig då lite närmare mitten av bänken. Men fortfarande med ett behörigt avstånd mellan dem.

– Ska du hem nu? frågar han.

– Ja, säjer Annika. Jag missade förra bussen precis. Ska du träna?

– Ja.

Frågan är egentligen ganska onödig. Dels syns det på Tomas att han ska spela fotboll. Han har träningsoverall och fotbollsskor på sig, och bär på en boll. Och sen är det ju det att Annika kan hans träningstider. Eva har berättat exakt när och var Adam tränar, och Annika har lagt tiderna på minnet. För när Adam har träning så har ju Tomas det också.

Faktum är att det är därför Annika sitter här. Hon

84

har sett till att få hänga med hem till Kajsa efter plugget. Hon har suttit vid Kajsas köksbord och varit trist och tyst och tittat på klockan hela tiden. Och hon har plötsligt sagt att hon måste gå hem, fast hon visste att Kajsa skulle tycka att hon var konstig och tråkig som gick så tidigt. Allt detta bara för att kunna sitta på just den här busshållplatsen just nu. Sitta här och hoppas att Tomas ska komma.

På vägen hit virvlade tankarna runt i hennes huvud. Det var nära att hon ångrade sig, plötsligt kändes allt pinsamt och fånigt och pirrigt och idiotiskt och en del av henne försökte vägra, vända om och fly.

Men samtidigt har hela hon bubblat av lycka ända sen det blev bestämt att hon skulle hem till Kajsa. Den nästan berusande känslan av att våga. Att göra det oväntade, något knäppt och galet, sånt som hon bara läser om i vanliga fall. Hon, som brukar vara en av de blygaste i klassen. Ingen skulle tro henne om att göra något sånt här, allra minst hon själv. Och så bara gör hon det.

Han ser lite nervös ut. Om han inte brydde sig om henne skulle han väl inte göra det? Ska hon berätta för honom att hon är kär i honom? Hon tvekar.

– Då får vi sällskap en bit då, säjer han efter en tystnad som känns lång.

– Ja.

– Ja, på bussen, alltså.

Annika nickar och ler.

– Fast inte till träningen, säjer hon.

– Nä, säjer han. Fast du kommer kanske på nån mer match?

– Gärna, säjer Annika.

Han ser glad ut. Om han inte gillade henne åtminstone lite grann skulle han väl inte se så glad ut för en sån grej?

Då händer det som ju måste hända, men som hon skulle ge vad som helst för att stoppa. Det hörs motorljud, ljudet av något som inte kan vara något annat än en buss, först svagt och avlägset och sen allt högre.

Bussen kommer. Den borde vänta och köra vilse och få motorstopp och punktering och skrota ihop. Annika skulle vilja sitta här hela dagen, ja hela livet, och bara vara nära den hon plötsligt är säker på att hon tycker mer om än någon annan kille i hela världen.

Men precis när bussen kommer över krönet är det som om han bestämmer sig för något. Det syns på honom. Hade inte bussen kommit hade det kanske aldrig hänt.

– Jo, säjer han. Jag ... gillar dej.

Han tittar ner i marken när han säjer det sista. Han klarar inte att se på Annika.

Hon tittar också ner i marken. Små eldar brinner

inuti henne. Hon kommer alltid att komma ihåg hur det känns i henne just precis nu, hon vet det.

– Jag gillar dej också, säjer hon.

Hon blir förvånad när hon hör hur stadig hennes röst är. Som om det vore den enklaste och mest självklara saken i världen att säja det.

Bussen stannar. Framdörren öppnas med ett pysande. Tomas rör sig inte. Och eftersom han inte gör det blir Annika också sittande. Busschauffören ser irriterad ut.

– Ska ni med, eller?

Tomas ser på Annika. Det går en sekund, två, kanske tre. Var och en av dem känns som en evighet. Annika håller andan. Och Tomas kommer sig äntligen för att svara.

– Nä, säjer han.

– Vi tar nästa, säjer Annika.

Bussdörren stängs. Bussen åker. Kvar sitter Annika och Tomas. Tomas ler. Annika fnittrar till. Tomas flyttar lite närmare Annika. Hon flyttar sig lite närmare honom.

En tant kommer gående mot busshållplatsen. I vanliga fall skulle hon slagit sig ner på bänken. Men nu blir hon stående en bit ifrån. Och varken Annika eller Tomas lägger märke till henne. De är fullt upptagna med att kyssa varandra.

FEMTONDE KAPITLET

Killen alla behöver

I omklädningsrummet
luktar det som vanligt.
Särskilt på toan. Adam
var helt enkelt tvungen
att gå in där, så han vet.

Annars, förutom luk-
ten alltså, är det inte sig
likt. Det ser i och för
sig ut som vanligt. De
flesta av dem som bru-
kar vara där är där idag
också. Men det är så
tyst att det nästan är
kusligt.

– Fan, i helgen ska
jag göra tre mål, säjer

Mustafa plötsligt. Jag lovar. Vi bara måste vinna den här matchen!

Det är som om han säjer det bara för att ingen annan säjer något. Men när han gjort det blir det lika tyst som förut. Ingen säjer emot, trots att Mustafa aldrig gjort tre mål i en match. Han är bra, det är inte det, men det brukar inte vara han som gör målen.

Juan är sjuk. Han snackar mycket. Så det märks när han är borta. Och så är det Tomas. Han är den som står för fotbollssnacket. Och mycket finns det att säja om fotboll, för han har alltid något nytt att komma med. Det kan vara frisparksvarianter han sett på någon sport-kanal som han vill prova, eller rykten om någon svensk som ska bli proffs eller resultat från andra matcher i se-rien. Men idag kommer tydligen inte Tomas heller.

– Bara det inte har hänt nåt, säjer tränaren igen.

Och visst är det olikt Tomas att inte komma och inte ens höra av sig och berätta varför. Men han kan ju fak-tiskt ha glömt tiden. Eller börjat må dåligt efter det att han kom hem från plugget. Sånt händer. Det måste till och med kunna hända Tomas.

– Han kanske har åkt på Alexanders grej, säjer trä-naren.

– Mm, säjer Adam.

Han vill inte prata om det. Eftersom den enda grej Alexander har är att han är ovän med Adam. Sjuk är han inte. Men det händer allt oftare att Alexander kör med det, för att slippa prata om att han inte har lust att träna.

Juan och Tomas, visst märks det när de är borta. Men det är ingenting mot Alexander. Ingen har hängt sina kläder på kroken där hans brukar hänga, det är speciellt med honom, det går liksom inte att ta hans plats. Alex, skämtaren. Alex med sina glada garv. Ett omklädningsrum behöver en som Alexander. Och Adam gör det ännu mer. Men Alexander tycker tydligen varken att han behöver omklädningsrummet eller Adam.

Adam suckar. Det här går inte. Han måste göra något.

Just när de håller på att dribbla mellan koner dyker i alla fall Tomas upp.

– Jag missade bussen, säjer han.

Tränaren stirrar på honom.

– Ganska *många* bussar missade jag. Faktiskt. Men nu är jag här.

Tränaren fortsätter att stirra. Och Tomas, han bara ler.

Så fort Adam kommer hem stänger han in sig på sitt rum och slår Alexanders nummer.

– Hej, säjer han när Alexander svarar. Jag vill bara ...
kolla läget. Ja, eftersom du inte var på träningen och så.
– Jaha, säjer Alexander.
Han låter som om han vill lägga på.
– Kommer du på nästa match, då?
– Vad bryr du dej om det? Du skiter väl i mej, eller
hur?

    – Nä, säjer Adam. Jag gör faktiskt inte det.
    Det blir tyst.
    – Förlåt för att jag var taskig förut, säjer Adam. Förlåt, förlåt. Men kan du inte sluta vara sådär sur nu?
    Alexander säjer fortfarande ingenting. Adam hör honom andas i luren. Han är i alla fall kvar.
    – Du kan väl svara i alla fall!
    – Jag tänker, säjer Alexander. För jag vet faktiskt inte. Jag är inte säker på att jag kan sluta vara sur.

Adam ligger på sängen och försöker göra sina läxor. Det är

svårt att koncentrera sig. Han och Alexander är fortfarande inte sams. Fredssamtalet var ett fiasko.

Samtidigt är han glad att han ringde. Nu har han försökt. Och han har bett om ursäkt. Mer kan han inte göra just nu. Bollen är hos Alexander.

Han lägger ifrån sig böckerna och tittar upp i taket. Han skulle kunna somna redan nu, fast klockan inte är mer än sju på kvällen. Kroppen är trött av fotbollen, och i huvudet är det nästan kortslutning. Men lite bättre känns det faktiskt ändå. Nu när någon annan har bollen.

Adam gäspar, sluter ögonen och får riktigt ta i för att orka öppna dem igen. I natt kommer han att sova gott, bättre än på länge.

SEXTONDE KAPITLET

Bubblande lycklig

Ibland är Adam så tråkig. Som idag, på kvartsrasten, när Eva berättade om hur hon tänkt ut att de på samma gång både skulle lura och hjälpa Annika. Adam bara vägrade. Han tänkte inte vara med. Det är så typiskt honom.

Samtidigt är det typiskt honom att ha rätt. Det är nog det mest irriterande. Ju mer Eva har tänkt på saken, desto mer säker har hon blivit på att hon inte kan genomföra sin plan. Eller i vart fall inte utan att berätta den för Annika.

Alltså: Eva måste berätta för Annika att hon tänkt låta henne gå själv på bion med Tomas. Så får Annika säja ifrån om hon inte vill det. Eva kan helt enkelt inte lura sin bästa vän, inte ens om det är för hennes eget bästa.

Kvällen är egentligen både för mörk och för kuslig.

Träden kastar långa, svarta skuggor och det enda som hörs är två hundar som skäller på varandra någonstans långt borta. Ända tar Eva genvägen genom parken. Evas mamma skulle inte bli glad om hon visste det.

Eva passerar en ensam man, men aktar sig noga för att cykla för nära honom. Man vet aldrig. När hon ser att han tittar på henne, trampar hon snabbare. Hon borde ha cyklat över torget i stället. Men när man är lovad att få veta något riktigt spännande, då är det svårt att låta bli att ta snabbaste vägen.

Tio minuter senare sitter de i Annikas jacuzzi. Vattnet
är precis så varmt som det ska vara, och det bubblar så
att det känns ända från tårna. De ser på varandra. Det
är både hemskt och härligt att dra ut på det. Ännu har
ingen av dem berättat något.

– Du först, säjer Annika till slut.

– Nej, du!

Eva ska berätta om sin luriga plan. Såklart ska hon
det. Men helst efter det att Annika sagt sin nyhet.

Annika ler. Och då vet Eva att hon får som hon vill.
Annika kan inte hålla sig.

– Jag väntade på en buss idag, säjer hon.

– Jaha?

Annika är så uppfylld av sin hemlighet att hon ser ut
att spricka vilken sekund som helst.

– Och så träffade jag nån.

– Träffade? Vadå träffade? På busshållplatsen?

Annika fnittrar till. Och så berättar hon. Eva tror
inte sina öron.

– Du är ju inte klok! Du bara satt där och låtsades
att det var av en slump?

– Ja, säjer Annika. Kan du fatta? Jag trodde aldrig jag skulle göra en sån grej!

Annika i sin bubbelpool, bubblande av lycka. Annika och Tomas, ett par, precis som Eva hade tänkt ut det. Annika har äntligen blivit ihop med en kille som känns bra, ja helt rätt, för Annika. Det kunde inte vara bättre. Eva är förstås glad hon med, när hon cyklar hemåt i månskenet.

Det hemska är att det tog en stund innan Eva blev så glad som hon borde bli. För först blev hon faktiskt snopen. Det gick ju inte till som hon hade tänkt sig. Det var inte Eva som gjorde det, det var inte hon som fixade ihop dem.

Hur kunde hon tänka så, ens för en sekund? Som tur var märkte Annika inget. Och nu är det snopna borta. Annika och Tomas. Det är så bra som det kan bli!

Skjuta iväg en tanke

I skolkorridoren tricksar Alex-
ander på sin skateboard. I full
fart snurrar han ett helt varv
på brädan, tvärbromsar och så
står han plötsligt med den i
handen. Det kallas något, det
där han just gjorde. Alla tricks
kallas något, på engelska. Men
vad, det har Adam alltid så
svårt att komma ihåg.

Hur som helst ser det häf-
tigt ut. Det vore kul att kunna.
Men någon skatare blir Adam
aldrig, det är liksom inte hans
grej.

– Kom igen nu då!

Det är till Jonte Alexander ropar. Och Jonte lyckas också snurra på sin bräda, även om det inte ser lika bra ut som när Alexander gör det.

– Helt okej! hojtar Alexander.

Och Jonte ser nöjd ut.

Alexander och Jonte. Är det så det ska bli nu? Alexander tittar inte ens åt Adam. Det är som om han upphört att existera.

Adam har ingen aptit. Han petar i maten. Kalle äter som en häst bredvid honom. Kajsa håller låda. Hennes morsa har träffat en ny gubbe, och om man ska tro på Kajsa är han töntigare än alla de gamla tillsammans. Hon sågar honom fullständigt och på ett kul sätt, men hon kan ju förvandla vilken vardagsråkig händelse som helst till en rolig historia, hon slutar bergis som ståuppare i teve. Alla som lyssnar skrattar, utom Adam. Han är inte på humör idag, och förresten kan han inte låta bli att tycka synd om den där gubben.

Adam går ut på skolgården. Han känner sig vilsen, nästan som när han var ny i klassen. Eva syns inte till. De han ser orkar han inte gå fram till. Inte idag, när han är på det här humöret.

Han sätter sig på en bänk. Och då, just som han är som ensammast ser han att Alexander får syn på honom. Alexander står för sig själv på andra sidan skolgården och fingrar på sin bräda. Men plötsligt tittar han upp, Adam hinner inte titta bort och deras blickar möts.

Bollen är din. Så tänker Adam, koncentrerat, intensivt, han skickar tanken över skolgården som om den vore en pil från en båge. Bollen är din, Alexander!

Och faktiskt. Alexander tar ett steg, ett till, kanske ytterligare ett – mot Adam.

– KOLLA!

Det är Hasse som hojtar. Förmodligen ropar han till Jonte. Men alla hör. Och alla ser. Ingen på hela skolgården tittar på något annat än det Hasse pekar på.

Annika och Tomas! Ut ur matsalen, hand i hand, kommer Annika och Tomas. Alla ser på dem. De pussas, en liten snabb puss på munnen, inget sånt där hångel som några i åttan håller på med på rasterna. Men ändå.

Alexander hade bollen. Men när han fick syn på Annika och Tomas tappade han den.

Eva, Tomas, Annika och Adam är hemma hos Annika. Eller rättare sagt i ett av Annikas hem. Hon bor ju hos sin pappa också. Av någon anledning tänker inte Adam på hans lägenhet som hemma hos Annika.

– Din tur, Adam! säjer Eva. Sover du?

De spelar kort. Det går dåligt för Tomas och han surar en hel del för det. Adam har inget emot att vinna över Tomas, även om han inte är någon vidare god förlorare.

– Nä, jag är ganska vaken, säjer Adam. Men nu är det godnatt för Tomas!

Adam lägger ut spader ess. Tomas – förloraren – slänger sina kort i bordet. Det är en bra kväll.

Det enda, det är att Adam inte kan låta bli att tänka på den som inte är där. Hans kompis. Den som i alla fall *borde* vara hans kompis.

Kungen av rock'n'roll möter – en prinsessa?

Om det bara ville hända något. Vad som helst. Ja, inte en olycka eller så. Men något som ... förändrar.

– Vad är det med dej idag? frågar Annika.

Eva rycker till. Hon känner sig avslöjad. Syns det så tydligt på henne att hon är på dåligt humör? Eller dåligt, förresten. Hon är inte på något humör alls.

Solen skiner där ute. Och Eva känner sig alldeles mulen.

– Vet inte, säjer hon. Allt är så trist, bara! Jag skulle vilja göra nåt ... nytt.

– Nytt?

Eva svarar inte. För hon har själv just fått ett svar. Det hänger framför näsan på henne, på ett häftstift på anslagstavlan i skolkorridoren. En stor lapp. Den ropar på henne. Ja, så känns det. Hon fick syn på den just när hon frågade efter något som kunde ändra på saker. Det är som om det var … meningen.

Hon pekar på lappen och Annika läser.

– Jag vet inte, säjer hon.

Men Eva vet.

Hon börjar med Adam. Det är rast och Eva känner sig plötsligt mycket soligare.

– Annika och jag ska gå på buggkurs. Kul, va?

Annika har i och för sig inte bestämt sig än. Men om bara några fler hänger på så är Eva säker på att Annika också ska gå att övertala.

– Jaha, säjer Adam. Ja, det är säkert kul.

Han låter inte särskilt övertygad.

– Du kan väl hänga på du också? Snälla!

Adam dröjer med svaret. Och Eva känner hur hennes glada förväntan övergår i irritation. Måste han jämt vara så ... Hon hejdar sig. Ordet *tråkig* dyker upp längst bak i hennes huvud, men hon motar bort det. Hon får inte tänka så om Adam. Han är inte trist, det går bara inte an att tänka så, inte ens för en sekund. Men ... varför ... varför är han ... varför kan han inte ... varför blir han inte *glad* när hon frågar något sånt, varför ler han inte med hela ansiktet och säjer ja?

Det hemska, det är att han gör precis som Eva innerst inne har förväntat sig.

– Ska du gå på den där buggkursen? Annika sa det!

Eva vänder sig om. Där står Mia.

– Jag tänker göra det. Kajsa skulle nog också. Och Julia, tror jag.

Eva nickar, men hinner inte säja något.

– Jag hänger också på, säjer Tomas.

Eva stirrar på honom. Var kom han ifrån? Och ska han göra något annat än att hålla på med sport hela dagarna?

– Kom igen nu, Adam! Så inte jag blir enda killen!

Adam ser på Tomas. Sen ser han på Eva.

– Snälla, säjer hon.

Tomas är inte enda killen. Förutom Adam är de tre till. Och så Kaj, förstås.

– Ingen fara, säjer han. Det är *alltid* fler flickor. Det är så världen ser ut idag!

Han fnittrar till, plötsligt, och ovanligt fånigt. Han är deras bugglärare. Av någon anledning var Eva säker på att det skulle vara en tjej.

Kaj trycker igång cd-spelaren.

– Elvis, säjer han. King of rock'n'roll!

Evas pappa gillar Elvis. Så mycket att hon till och med känner igen låten. *Jailhouse rock*. Från stenåldern.

Ingen mer än Kaj ser lycklig ut över musiken. Det verkar inte bekymra honom.

– Kom hit, säjer han.

Han vinkar med handen. Allas blickar riktas mot en enda person. Den han vinkar fram till sig – Eva!

Det duggregnar. Det gör inget.

– Vad bra det gick för dej, säjer Annika.

– Jag fattar inte att du vågade, säjer Adam. Jag skulle ha vägrat!

– Äh, säjer Eva. Det var väl inget.

– Jo, säjer Tomas. Det var det faktiskt.

De är på väg hem efter första bugglektionen. Annika har mest fått "vara kille", hon har dansat med en annan

tjej och varit den som fått föra. Adam har mest dansat med Mia. Tomas har mest dansat med en tjej från en annan skola som heter Alina. Och Eva, hon har dansat med Kaj.

Inte bara med Kaj. Men först. Och mest. För att visa de andra hur det ska gå till. Då har han behövt någon att dansa med, för att visa hur man håller och hur man tar sina steg och allt det där.

Och av någon anledning så har det funkat. Hon har snubblat och gjort fel. Men det känns ändå som om hon nästan med en gång förstod hur det skulle gå till. Det enda svåra att fatta, det är varför hon väntat så länge – ja, ända tills idag – med att börja bugga.

NITTONDE KAPITLET

Buggsnurr och billiga mål

Adam snurrar runt. Samtidigt försöker han att hålla fast
– håll i då, Adam! – men nej, han tappar taget om Anni-
kas hand. Han lyckas få fatt i hennes hand igen, och nu
är det hon som snurrar, men Adam snurrar samtidigt, åt
andra hållet – och BANG så krockar de med varandra.

– OJ OJ OJ! HUR GICK DET?

Kaj, den slemmiga buggläraren, kommer sättande
och ler sitt fånigaste leende.

– Jo, hette du Adam? Och du, Anne-Katrin ...

– Annika!

– Just det, förlåt. Jo, Annika och Adam, ni får inte
glömma vem som för!

– Va? säjer Adam.

Han har lite ont i näsan efter krocken, och tänker

mer på hur alla tittar på honom och hur klantig de måste tycka att han är, än på vad buggfjanten säjer.

– Du är basen, Adam! Här är det mannen som bestämmer! Du för, och din flicka ska bara följa med!

– Hon är inte min tjej, vi bara ...

– *Nu* är hon det. Ni är ett danspar, och hon är din partner. Så ta tag i henne, tänk på takten – ni var ur takt nyss – och så sätt igång och för! Du har befälet, hon följer!

Kaj går vidare till Mia och Kajsa. Adam blänger efter honom.

– Va svårt det är, viskar Annika.

Adam nickar.

– Men det är rätt kul, eller hur?

Nu nickar inte Adam.

Delad andraplats i serien. Och bara två poäng från serieledning. Det känns som om laget aldrig har varit så här bra.

– Heja, Adam! Gör mål nu!

Eva har kommit. Hon är på plats för att Adam är med. Och hon hejar på honom, fast hon inte är särskilt fotbollsintresserad. Adam blir lika varm inuti som han är utanpå av allt jagande efter bollen.

Han får bollen, ser att målvakten står felplacerad och skjuter snabbt. Men han träffar lite snett och bollen går en meter utanför.

– FAN! ropar Tomas! JAG VAR JU FRI! PASSA NÄSTA GÅNG!

– Heja, Tomas!

Det är Annika som ropar. Hon har alltså också kommit till matchen. Men en som inte har gjort det, det är Alexander. Sigge, som brukar spela på mittfältet, står i mål i stället. När den första halvleken slutar har han släppt in två skott. Och Adam kan inte låta bli att tänka att om Alexander hade stått i målet, då hade han räddat båda.

I pausen kommer tränaren fram till Adam. Som alltid när det är något med Alexander.

– Men har han verkligen inte sagt nåt?

Adam skakar på huvudet och dricker några stora klunkar vatten ur sin flaska.

– Tänk om det har hänt nåt! Visst skulle han ha snackat med dej om han blev sjuk eller nåt?

Tränaren ser orolig ut. Han gillar verkligen Alexander. Men Adam svarar inte. Han har inte den minsta lust att berätta för alla om hur det är. Alexander skulle inte ha snackat med Adam. Han gör nämligen inte det just nu. Med Adam snackar han inte om någonting.

– HALLÅ! FAN SIGGE, HAR DU SNOTT MIN TRÖJA? AV MED DEN PÅ EN GÅNG! JA, OTROLIGT VAD DET KÖRDE IHOP SEJ FÖR MEJ!

Alla bara stirrar. Det är som om de såg ett spöke. Alexander, den försvunne målvakten, är tillbaka.

Det är Alexander som har bollen, tänker Adam. Och faktiskt, redan innan den andra halvleken har börjat, så säjer han något.

– Vad står det?

Han jagar ikapp Adam när de är på väg ut på planen. Han kunde ha frågat någon av de andra. Men han valde Adam.

– Dom leder med 2–0. Var har du varit?

– Säj inget till dom andra. Men jag glömde tiden. Jag var i rampen med Jonte.

Det svider lite när han säjer det där om Jonte. Men han kom i alla fall. Och nu har han sagt något också. Kanske har Adam till slut fått en passning ...?

Åke Presley –
kung av rock'n'roll

På väg hem från matchen möter de en mamma och en pappa med en barnvagn. Bebisen i vagnen skriker så att blodet isar sig. Mamman lyfter upp bebisen och försöker trösta den, men den tjuter bara ännu värre. Pappan gör ingenting. Mamman ser oändligt trött ut. Och Eva får plötsligt för sig att mamman är lik henne. Hon är Eva, fast tjugo år äldre. Eva om tjugo år.

Tanken skrämmer henne. Hon måste tänka på något annat. Tänk på ... ja, fotboll, till exempel!

– Tomas var verkligen sur på Alexander, säjer hon. Du märkte det, va?

– Ja, säjer Adam.

– Det var ju himla dåligt att komma sådär sent till matchen, eller hur?

– Fast det var bra att han kom, säjer Adam. Annars hade vi aldrig klarat oavgjort. Såg du när han tog den där frisparken?

– Måste du alltid försvara honom?

Det låter mycket surare än Eva har tänkt sig. Egentligen bryr hon sig ju inte om Alexander är med eller inte. Så varför lägga sig i? Nu finns det plötsligt något irriterat i luften, och när Eva öppnar ytterdörren hänger det tyvärr med in.

Eva har en sån där gammal bugglåt på band. En enda. Hon och Annika spelade in den igår, hemma hos Annikas pappa. Han hade den på en tusen år gammal vinylskiva.

Eva sätter på sin bergsprängare. Det knastrar och sprakar. Och sen kommer *Rock around the clock*. Bill Haley heter gubben som sjunger och låten är nästan 50 år gammal. Det är Kaj som har berättat det. Det är den låt han spelar oftast på bugglektionerna.

Eva ger Adam en snabb puss. Fast bara på kinden. Det är liksom inte läge för något annat med det där som är i luften.

– Kom så övar vi!

– Vadå?

Eva flyttar undan sin skrivbordsstol och sparkar in en hög med kläder i ett hörn. Och så försöker hon dra upp Adam på den lilla fria golvyta som hon fixat fram.

– Vi övar på stegen. Så vi kan dom till nästa bugglektion.

– Du kan väl hur bra som helst redan, säjer Adam.

– Annika och Tomas övar hemma, säjer Eva.

I alla fall har de gjort det en gång. Det sa Annika igår. Fast hon hade ingen större lust, det var faktiskt Tomas som ville.

– Jaha, säjer Adam bara.

Han sitter kvar på Evas säng. Bill Haley knastrar och rockar glatt vidare inne i bergsprängaren. Eva känner hur luften tjocknar av den tilltagande irritationen.

– Om jag nu vill dansa kan väl du …

– JA! KOM IGEN! DANSA DÅ!

Eva vänder sig om. I dörröppningen står Tobbe och Max och försöker flina ihjäl sig.

– ALLTSÅ YES, VILKET COOLT STENÅLDERS-PARTY! NU MÅSTE NI VISA MAX ALLT NI LÄRT ER PÅ ER SKOJIGA KURS! BJUD UPP HENNE NU DÅ, ADAM!

Eva hinner inte smälla igen dörren. Hon hinner inte skrika eller hota. Hon hinner ingenting.

– Jag måste sticka, säjer Adam. Hej då.

Han försvinner ut ur rummet och passerar Tobbe och Max på vägen. De tittar lite förvirrat efter honom och fånflinen övergår i något som liknar förvåning. Och då smäller Eva igen sin dörr, rakt framför deras fula trynen.

På kvällen händer något konstigt. Tobbe är hos någon av sina pestiga polare. Evas mamma är på föräldramöte. Max sover. Evas pappa ser på nyheterna.

Men Eva, hon sitter på golvet vid bokhyllan bredvid stereobänken. Hon har hittat något intressant.

– Vad gör du? frågar hennes pappa.

– Är dom här dina?

Evas pappa tar upp fjärrkontrollen och trycker av teven.

– Det kan du lita på! Oj oj oj, det var längesen ...

De gamla vinylskivorna har alltid stått där. Det är ett
tjockt lager damm på dem.

Evas pappa drar fram ett skivfodral och blåser bort
dammet. Både han och Eva måste hosta. Han drar ut
plattan, lägger den på den gamla vinylspelaren, lyfter

pickupen och ler när hela härligheten snurrar igång.

– Elvis, säjer han. The greatest. Jag spelar ju bara den där samlingsskivan jag fick på cd. Men det här ...

Han ler igen. Och så får Eva höra *Blue suede shoes*, *Return to sender* och några lugna låtar som han sjunger med i så att pinsamhetsfaktorn egentligen närmar sig det oändliga.

Men den här kvällen är allt annorlunda. Ikväll älskar Eva också Elvis Presley. Det finns bara en som slår honom. Åke Presley, hennes pappa, kungen av rock'n'roll.

Det går till och med så långt att de övar. De buggar ihop. Åke Presley för och hans rockdotter följer. Fast han är allt lite rostig. Stegen sitter inte riktigt som de ska. Och framför allt är det helt andra steg än dem Eva lärt sig av Kaj. Så efter en låt tackar hon rockkungen för dansen och föreslår att de återgår till att bara lyssna.

TJUGOFÖRSTA KAPITLET

Att inte kunna göra det man ändå inte vill

Adam vaknar av att han nyser. En gång. En gång till. Och så, som en explosion, precis när han trodde att det var över, nyser han så att det sprutar över hela rummet.

Det kunde ha varit en katastrof. Men han drar täcket över sig och lyckas somna om, i någon sorts skönt förvirrad förvissning om att det faktiskt inte är det.

Hans mamma ser orolig ut. Om det fanns VM-tävlingar i att se orolig ut skulle hon vara världsmästare.

– Varför väckte du inte mej? Oj, vad du låter! Har du tagit tempen?

– Mamma, det är en vanlig förkylning. Jag har en bra chans att överleva.

– Säj inte sådär! Jag hämtar termometern. Går det nånting i klassen? Birgitta på jobbet sa att det var två i hennes dotters klass som hade influensa ...

– Det är säkert bara en förkylning, älskling!

Egentligen är Adams pappa också orolig av sig. Men eftersom Adams mamma är som hon är, så är det han som får vara den som säjer att det inte är så farligt.

– Ja, du är i alla fall hemma från skolan idag, slår Adams mamma fast. Klarar du det själv, eller vill du att jag ska ...

– NEJ, säjer Adam snabbt. Det är lugnt, mamma!

Det låter lite för irriterat när han säjer det.

– Jag lovar, säjer han så vänligt han kan. Jag klarar mej, mamma.

Hon pussar honom på kinden, och han protesterar inte. Han till och med ler. För det är inte helt fel, det här. Just idag stannar han faktiskt gärna hemma.

Adam ligger i sängen och läser *Sagan om ringen*. Det är en tjock bok. Förr skulle han inte ens ha funderat över att läsa en sån tegelsten. Och flera av hans killkompisar säjer att de aldrig läser något annat än serietidningar. Men Adam har verkligen fått smak på att läsa – både böcker och serier. Nu på förmiddagen har han redan hunnit läsa *Tintin i Tibet* för tjugotolfte gången. Och så har han kommit en bra bit på sin tjocka bok.

Och i plugget sitter de och läser engelska glosor just nu. Adam skulle inte vilja byta med dem.

Adam brer mackor. Han hostar en gång och nyser så att han snorar ner hela osten. Äckligt. Men på något sätt känns det bra att hans förkylning gör sig påmind. Den sista timmen har han känt sig så pigg och snorat så lite att han höll på att få en gnutta dåligt samvete för att han inte gick till skolan.

Adam ser på klockan. Nu har de matteprov. Ett prov han hade pluggat alldeles för lite till. Matteprovet är ett tungt skäl till att Adam inte är särskilt ledsen för att han blev sjuk.

Det ringer. Adam lyfter luren.

– Hej! Det här är Adam och jag lever fortfarande!

Och precis som han hade gissat är det hans mamma som "bara vill kolla läget". Det är andra gången hon gör det, och pappa har också ringt.

– Har du nån feber, undrar hon.
– Nä. Jag mår jättebra. Eller ganska.
Hon får ju inte tro att han skolkar.

Adam ligger i soffan i vardagsrummet, invirad i en filt, och läser och lyssnar på alla sina bästa cd-plattor på hög volym. Några av dem var det minst ett år sen han hörde, tänk att han inte lyssnar på dem oftare, han glömmer att vissa låtar finns fast de är hur bra som helst.

Bredvid sig på soffbordet har han en hink med chokladbollssmet. Han har rört ihop smeten, men inte brytt sig om att rulla några bollar av den. Han äter en klick då och då med sked. När man är sjuk får man göra sånt.

Det var äcklig mat i skolan idag. Men Adam har gräddat våfflor, och så chokladgegga till efterrätt. Ja, den här dagen finns det verkligen fördelar med att vara hemma.

Adam trycker in ytterligare en gammal favorit i cd-spelaren. När en distad el-gitarr drar

igång så dyker en bild upp i Adams huvud. Ett dansgolv, en massa folk som buggar, och mitt i smeten buggar Eva.

Henne får han inte träffa idag. Och det har alltid varit det värsta med att vara sjuk, att inte få vara med Eva. Men just idag är det buggkurs. Och den lockar inte. Även om Eva är där. Snarare är det så – ja, ju mer Adam tänker på saken, desto säkrare är han: Av allt det han inte kan göra idag är han gladast att slippa ifrån buggkursen.

TJUGOANDRA KAPITLET

Telefonterror och danslycka

Tobbe ockuperar telefonen. Och Eva gör misstaget att visa sin otålighet.

– Vänta ett tag, säjer Tobbe i luren.

Han vänder sig mot Eva och ler sitt soligaste terrorleende.

– Jag snackar med Mårten. Det kan ta lite tid.

– Jag har bråttom, säjer Eva.

– Jaha, säjer Tobbe. Intressant. Och vem är det som brukar sitta timme efter timme i telefon? Vem är det som ruinerar farsan och morsan och gör oss alla galna? Jag bara frågar!

Han vill att hon ska explodera. Hon måste behärska sig. Annars har han vunnit.

Hon har klarat det många gånger på sistone. Och ef-

teråt känns det alltid bra. Håll masken, han ska inte få
knäcka henne.

— Snacka på du, säjer Eva med en röst som nästan
lyckas låta vänlig. Jag lånar din mobil i stället.

— Tyvärr, säjer Tobbe. Jag är rädd om den.

Han myser åt sitt övertag. Det är så fruktansvärt

orättvist. Tobbe har en mobil, självklart har Annika en, Linda, Kajsa – ja, nästan alla i klassen och hela stan och hela världen har. Men inte Eva. Hon önskade sig en i julklapp redan förra julen, och sen i födelsedagspresent, och nu har hennes pappa *nästan* lovat att till julen så kommer *kanske* ändå tomten med en telefon till Eva.

Suck! Det är en evighet till dess. Och de hinner bergis ändra sig. Mamma tjatar om att hon gott kunde bli lite äldre först, och om att det säkert är farligt att prata så mycket i såna där telefoner som alla ungar gör nuförtiden. Hennes pappa håller med och tycker att det pratas alldeles tillräckligt i telefon hemma. Och de hiskeliga telefonräkningarna var ju något han alltid klagade över. Det är helt otroligt vad hennes mamma och pappa kan vara snåla!

Men Tobbe fick en mobil. Och han lånar inte ut den. Och nu ska han snacka och snacka och snacka med sin idiotkompis bara för att reta Eva, det är så att man kan bli ...

– JAG HATAR DEJ! DU ÄR SÅ JÄVLA SJUK I HUVET!

Där sprack det. Hon kunde inte behärska sig längre. Och i ilskan är hon så snabb att Tobbe inte hinner med. Han står bara och gapar när hon sliter luren ur hans hand.

– Hej Mårten, hasplar hon ur sig. Tobbe kan inte

prata mer just nu. Han ringer dej på mobilen senare.

Hon lägger på, lyfter luren igen, hör till sin lättnad att Mårten faktiskt har lagt på och slår snabbt Adams nummer. Det tutar upptaget. Hon slår det en gång till. Fortfarande upptaget. Och nu sliter Tobbe åt sig luren igen.

– *Nu* tänker jag prata *oerhört* länge, väser han.

Eva räcker ut tungan åt honom. Precis som hon har gjort sen hon var två år. Visst, det är barnsligt, det är sånt som femåringar gör. Men med Tobbe passar det. Femåringsnivån är precis lagom för honom.

– Jag måste ändå sticka nu, säjer hon. Puss puss, kära storebror!

Adam är inte på buggkursen. Evas första reaktion är hemsk. Hon blir sur.

Det varar nog inte mer än tio sekunder. Sen inser hon hur sjukt det är att bli arg på någon som det bara är synd om. Hennes kille, hennes stackars älskade Adam, ligger hemma i feber och snörvlar och hostar eller kräks eller vad det nu är för fel på honom – hon vet ju inte, hon lyckades ju inte ringa honom – och så tänker Eva bara på hur tråkigt det är för *henne* att han inte lär sig alla steg och turer som hon får lära sig.

– Varför går det så lätt för dej? säjer Annika.

– Gör det väl inte! säjer Eva.

Men Kaj parar ihop henne med Tomas, och låter dem prova på några komplicerade turer med armar bakom ryggen och snurrar fram och tillbaka och åt olika håll – samtidigt som de andra får fortsätta att öva på samma sak som de började med förra gången.

Första gången trasslar de till det så att Eva tappar taget, och andra gången blir det också fel. Men tredje gången går det bättre, och plötsligt så sitter det. Tomas för och Eva snurrar och hela gympasalen snurrar, tiden

står stilla, lamporna blir till solar och planeter och Eva flyger runt bland dem och blir yr i huvudet och är så lycklig att det måste ha varit i ett annat århundrade som hon bråkade med Tobbe.

Hon dansar. Hon kan! Ingen av de andra tjejerna kan som hon, och ingen av killarna är i närheten av Tomas.

Annika är på toa. Tomas och Eva sitter på golvet i gympasalen och väntar och pustar ut. De andra är på väg hem.

Kaj kommer fram till dem.

– Det går framåt, säjer han.

– Ja, säjer Tomas. Annars är det väl ingen idé!

Om någon annan hade sagt det hade det låtit som skryt. Nu låter det bara ... självklart. Det verkar inte spela någon roll om det är fotboll, kortspel eller dans. Tomas vill vara bra, i allt han gör. Och så blir han det.

– Ni funkar verkligen ihop, säjer Kaj.

Eva tittar på Tomas. Kaj ler.

– Skulle ni vilja vara med på en dansuppvisning?

Rampens kungar

De grälar. De grälar så att det ryker och osar om det. De skriker åt varandra. Smäller i dörrar. Och bryr sig inte om att andra hör det.

Adam ligger i sin säng. Han har kudden över huvudet. Han vill inte höra, han vill låtsas att det inte finns. Men hela tiden maler en otäck röst i hans huvud.

– Dom ska skiljas, säjer den. Skiljas, skiljas, SKILJAS!

Visst, det är ingenting mot hur det är i många hem. Hemma hos Eva grälar ju alla jämt med varandra. Kajsas föräldrar brukade slänga stolar och vaser på varandra. Ja, fast i och för sig skilde de sig sen också. Hur som helst; att det grälas hemma är ju snarare normalt än konstigt.

... hos andra, ja! Det är ju det som är det läskiga. Adams föräldrar grälar aldrig. De kan diskutera, ha olika åsikter, gå och sura. Men skrika och smälla i dörrar, det är sånt som inte händer i Adams familj. Förrän nu.

Adam trycker kudden hårdare över huvudet, och lägger även täcket över sig. Han lyckas nästan stänga deras röster ute. Men rösten i hans eget huvud vill inte försvinna.

Adam har sovmorgon. När han släntrar in i köket har hans mamma och pappa givit sig av, utan att väcka honom. Skönt. Han ville inte träffa dem den här morgonen, ville inte se hur de såg på varandra, ville inte höra några försök att förklara.

När han lämnar lägenheten tänker han att nu går han ifrån alltihop, han lämnar allt det jobbiga där hemma. Men det är med en vag känsla av obehag han kommer till plugget.

Kanske är det därför han låter sur när han träffar

henne. Nä, det är inte bara det. Det är som åska i luften, de senaste dagarna har där funnits en molande irritation, som mullrat och förmörkat vartenda samtal han haft med henne. Men idag är det värre.

– Lägg av, säjer Adam. Jag är inte sur. Lite trött, bara.

– Är det för att jag ska dansa med Tomas? Jag frågade ju om det var okej!

– Det *är* okej!

Hon ser på honom. Han försöker att inte se det minsta sur ut. Det ringer in. De går mot skolbyggnaden.

– Jag skiter i vem du dansar med, muttrar Adam.

Men han gör det så tyst att hon inte hör.

Adam kan inte koncentrera sig. Giraffen ställer larviga frågor på engelska och när någon svarar skriver hon svaret på svarta tavlan. Två lektioner kvar av dagen. En engelskalektion som han bara vill ha slut på. Och sent på eftermiddagen en bugglektion som han inte vill ska börja.

Han vill inte vara med på den där dansuppvisningen. Bugga när en massa människor ser på? Aldrig i livet!

Och hon får gärna göra det med Tomas. Annika säjer som Adam, hon skulle heller aldrig vilja uppträda på det där viset. Det är väl bara bra att Tomas och Eva har någon att göra det med när de nu så gärna vill.

Tror Eva att Adam är svartsjuk eller något? Det är klart att han inte är. Inte en sekund.

Men nu när hon har någon annan att dansa med, varför är det då så viktigt att Adam kommer på bugg- lektionerna? Av någon anledning tycker hon det. Hon säjer att det är så kul att de gör något ihop. Adam tycker att det finns miljarder saker han hellre gör ihop. Att bara vara hemma hos varandra och ... ja, kyssas och så.

Han ser det framför sig nu, fast han har blicken rik- tad mot Giraffen och svarta tavlan; det är en sån där bästa sortens eftermiddag; när de ska plugga ihop eller något, och så ska de bara kyssas lite först och så kys- ser de mera, och så fortsätter de att kyssas och till slut var det middagsdags och de kan fnittrande konstatera att de inte har gjort något annat än hånglat hela da- gen. Det gör lite ont att tänka på. För det känns plöts- ligt så länge sen.

– Well, doesn't anybody know? frågar Giraffen.

Adam vet inte. Men han tror att Eva misstänker att han inte var sjuk i förra veckan. Att han skolkade, för att slippa provet – och bugglektionen. Bara för att han var i skolan nästa dag. Hon har inte sagt något. Men det har liksom ... hängt i luften.

– Vad gör du efter plugget?

Adam rycker till. Det är Alexander som frågar. Adams före detta vän. Den som Adam har svikit och som nu behandlar Adam som om han vore luft. Vad vill han?

– Hänger du med till rampen?

Adam stirrar på honom. Alexander ser faktiskt ut att mena allvar. Han hade bollen. Adam har väntat. Alexander har kommit med någon enstaka trevare, men inget rejält, inget mer än en halvpassning. Inte förrän nu. Nu har han verkligen passat den.

– Okej, säjer Adam.

Adam är ingen stjärna på skateboard. Och det har blivit allt längre mellan åken. Och varje gång han åker märker han hur mycket Alexander och de andra har gått framåt och han själv har gått bakåt, och då har Adams intresse dalat ytterligare.

Idag åker han gärna. Han skulle åka vad som helst idag. Han skulle åka bananskal nerför störtlopps-backen. Bara han fick göra det med Alexander.

Först säjer de inte så mycket till varandra. Det är som om de ... provar. En försiktig test av hur det är att vara tillsammans igen. Brädorna rullar upp- och nerför rampen. Rull, rull, ljudet av hjul mot trä. Klick, klack,

vändningar och små tricks, och Alexander står för näs-
tan allihop.

– Rätt snyggt, säjer Adam. Du måste ha åkt förr.

– I'm the greatest, säjer Alexander. Kolla nu då!

Och så snurrar han ett varv på brädan och sätter sig
på baken som en clown på cirkus. Adam skrattar. Alex-
ander gör först en irriterad grimas, men sen börjar han
också skratta. Den vidriga morgonen hemma är glömd,
och ett helt liv har gått sen Adam och Alexander var
ovänner. Det är borta, det är som om det aldrig hade
hänt.

– Du måste testa en ollie nu, Adam!

– Nä. För svårt.

– Kom igen. Jag gör en först och visar hur du ska
göra. Du grejar det!

Adam är inte säker. I vanliga fall skulle han inte ha
brytt sig om att försöka. Men idag, när Alexander så
gärna vill, så är det inte i vanliga fall.

Alexander gör en snygg ollie. Det ser nästan lätt ut
när han gör det. Adam tar sats och gör ett försök – och
är riktigt nära att klara det.

– Suveränt! ropar Alexander. Nästa gång fixar du
det!

Och Adam ställer sig högst upp på rampen, tar fart,
känner sig plötsligt oövervinnerlig, han flyger, han är
kung, han vågar, han …

– AJ!

– Supernära igen! ropar Alexander. Bra! Men … fan, slog du dej?

Adam nickar och stönar. Han känner tårarna komma. Han har riktigt ont.

Bussen hem – till vem?

Först skäms Eva. Hon kom på sig själv med att bli irriterad när hon såg Adam dra iväg med Alexander efter plugget. Varför vet hon ju. Det är för att hon just nu är dödstrött på Alexander, på hans sätt att snacka, hans skratt, allt han säjer och gör. Och så är han ... i vägen. Om det inte var för Alexander hade Adam kanske blivit bästis med Tomas i stället. Och då hade de varit ett gäng på fyra. Tomas och Annika och Eva och Adam. Allt hade varit så mycket lättare.

Men nu är Alexander med Adam. Det är hemskt, ja oförlåtligt att hon tänker som hon gör. Adam håller äntligen på att bli sams med sina bästa kompis. Det är något han verkligen vill. Och då blir Eva irriterad.

Nej, hon ska inte, får inte tänka så. Fy skäms, sluta, skärpning! Det är vad hon säjer till sig själv hela vägen till gympasalen och den efterlängtade bugglektionen. Tänk bättre, tänk positivt – och på något annat, något ... bra.

– Jag fattar inte att Tomas kan vara så säker, säjer hon.

– Du sa det, säjer Annika.

– Jaha. Men ... eh... Det är okej att vi dansar ihop, då? Säkert?

– Ja, har jag ju sagt! Bara ni inte gör *nåt annat* ihop, så.

Annika ler. Och Eva fnittrar till. Vilken idé! Annika kan säja så himla knäppa grejor. Hon är verkligen ... rolig.

Kaj suckar. Och Eva skäms inte längre för sina tankar. Hon skäms för sin kille.

– Ska vi tro att han har slutat? Han har inte sagt nåt?

– Nä, säjer Eva.

Kaj ser på henne som om det var hennes fel. Varför ska hon behöva stå här och stå till svars för något som hon inte har med att göra?

– Ja, nu har han missat lektionen två gånger i rad. Det är nog ingen idé att han fortsätter.

Eva sneglar mot dörren till killarnas omklädningsrum. Kom nu, Adam! Hon försöker att mana fram honom med blicken, men dörren öppnas inte. Ingen Adam.

Han är i rampen. Han struntar i buggen. Han är med sin jävla kompis och skiter i Eva.

Tomas är otroligt koncentrerad. Han slänger Eva mellan sina ben. Han snurrar och sätter snurr på Eva, exakt i takt med musiken. Det är en snabb låt. Och Eva känner det som om hon är lite på efterkälken, det är bara nätt och jämnt att hon hinner med. För första gången infinner sig ett litet tvivel. "Är du verkligen tillräckligt bra?" ropar en röst någonstans långt bak i huvudet. "Klarar du det här, Eva?"

Märkte Tomas något? Ja, kanske gjorde han det. Han är tystare än vanligt när de lämnar gympasalen och Kaj. Det är bara Eva och Annika som snackar på bussen. Och när de kommer hem till Tomas skrattar han inte när Annika berättar om hur pinsam Kajsa var i plugget. Annika berättar det på ett kul sätt också. Men Tomas ler inte ens.

– Ska vi öva lite? frågar han plötsligt.

– Vadå? säjer Annika.

– Dom där grejorna Kaj visade idag.

– Bugga? säjer Annika. Nu? Inte jag i alla fall!

Men det är Eva som Tomas tittar på. Han tyckte att hon var dålig. Hon har en stor klump i bröstet. Hon duger inte. Nyss kände hon att hon var bäst av alla. Men sanningen är att hon är värdelös.

Tomas har flyttat undan vardagsrumsbordet. Eva är så svettig att hon har fått ta av sig tröjan. Och hon dansar med Tomas, till Elvis, the King, för fjärde gången. Och nu, plötsligt, så sitter det.

– Bra, säjer Tomas. Kanon!

Annika sitter i soffan och läser läxor. Hon är på en annan planet.

Eva, hon är med Tomas. Hon kan igen. Och han tycker att hon är bra. Nyss var hon ingenting. Nu är hon så lycklig att hon nästan svävar, någonstans uppe bland molnen över den planet där Tomas, Kaj och Elvis Presley bor.

Annika går av bussen. Eva sitter kvar. Och då, när bussen börjat rulla, så märker hon det. Hon glömde ju tröjan!

Vid nästa station går hon av. Hon går över gatan och sätter sig på bänken vid hållplatsen mitt emot. Hon ser bussen komma.

Då dyker den otäcka lilla rösten upp bak i hennes

huvud igen. "Du glömde den med flit", säjer den. "När du skulle gå *visste* du att du inte hade tröjan."

Var det så? Var det en plan? Gjorde hon det för att ha en anledning att gå tillbaka till Tomas utan Annika?

Tomas är ihop med Annika! Med Evas bästis! Och även om Eva både är arg och besviken på Adam, så är det honom hon är kär i! Hon är inte kär i Tomas! Absolut INTE!

Bussen stannar. Eva tvekar. Men hon går inte på. I stället går hon över gatan igen. För att vänta på en buss som kan ta henne hem.

Allt kan fixas
med tejp – eller?

Adams pappa sveper i sig det sista i sin kaffekopp och reser sig från frukostbordet. Han är på väg ut, men hejdar sig och ger Adams mamma en snabb puss på munnen.

Adam sneglar på dem. Sen går han in i badrummet. Mitt i tandborstningen kommer hans mamma in.

– Jag är inte klar än, säjer Adam med munnen full av tandkräm.

Han låter irriterad. Men hans mamma fräser inte tillbaka.

– Var inte orolig. Det är inte pappa jag är arg på. Inte egentligen.

– Det lät så häromdan, säjer Adam.

– Jag vet.

– Och mej är du också förbannad på.

– Ja. Ibland. Men inte ... egentligen. Du är förresten arg på mej också.

Adam nickar.

– Jag behöver nog vara lite arg just nu, säjer hon och går ut genom dörren igen.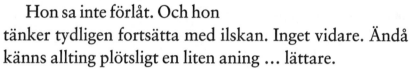

Hon sa inte förlåt. Och hon tänker tydligen fortsätta med ilskan. Inget vidare. Ändå känns allting plötsligt en liten aning ... lättare.

Ibland är det svårt att veta om någonting är bra eller dåligt. Eller är det så att saker och ting ofta är både bra och dåliga på samma gång?

Adam haltar. Det är ju inte helt perfekt. Att halta till plugget tar dessutom tid. Och eftersom han brukar gå hemifrån tjugotvå minuter innan plugget börjar – och komma fram en halv minut innan det ringer in – och inte kommer sig för att gå hemifrån tidigare den här dagen så kommer han för sent. Och han vill faktiskt helst komma i tid.

Sen är det en riktigt stor grej. Matchen. Den de väntat på, och tränaren babblat om i veckor. Seriefinalen. Och Adam kan inte vara med. Det är förstås en katastrof.

Men det finns också något i andra vågskålen. Något som gör att han trots allt inte kan ångra att han hängde med till rampen. För där fick han inte bara en stukad fot – han fick också tillbaka sin kompis.

När han kommit fram och in i klassrummet och mumlat sitt "förlåt att jag kommer för sent" och Giraffen har suckat och Alexander har flinat och Adam har gjort en grimas för att det är ombytta roller, det brukar vara Alexander som kommer för sent – då först upptäcker Adam att det finns ytterligare något som inte är så bra med den där vurpan i rampen.

Eva skickar en lapp till honom. Det står inte att hon vill träffas, hon frågar inte vad Adam ska göra efter plugget och hon skriver inte "Puss!" som hon faktiskt har gjort flera gånger.

Det är allt. Fyra arga, anklagande ord. Adam missade ju bugglektionen. Igen.

På rasten hinner Adam inte ens öppna munnen.

– Kaj säjer att du lika gärna kan sluta nu, när du missat två gånger i rad!

Eva är mörk i blicken.

– Jag stukade foten i rampen, säjer Adam sammanbitet. Jag gjorde det inte för att reta dej om du trodde det!

– Stukade foten?

– Tror du mej inte? fräser Adam. Ska jag ta av mej skon så du får se?

Han lyfter upp sin onda fot mot henne. Men hon vänder sig bara om och går ut på skolgården.

Adam får lust att skrika åt henne. Arga saker, hemska svordomar, en osande utskällning, så han riktigt får tyst på henne. Han är så in i själen arg för att hon för andra gången verkar misstänka att han missar buggen med flit. Hon ska lita på honom – och tycka synd om honom när han blir sjuk och gör sig illa!

Samtidigt ångrar han sig. Hur lät han själv? Det hade känts bättre om han lugnt förklarat varför han inte kom. Då hade hon fått stå där

med skammen. Nu kan hon hålla på och vara arg för att han låter sur och ilsken – och ha rätt i det.

Adam vill inte att de ska vara ovänner. Så fort han äntligen blev kompis med Alexander igen, så blev han osams med sin tjej. Vad håller han på med egentligen?

– Är det sant? säjer Tomas.

– Va?

Adam tittar fortfarande efter Eva.

– Alexander berättade. Kan du inte prova att spela?

Adam skakar på huvudet.

– Jag kan knappt gå.

– Men Mustafa är ju också borta! Och det är seriefinal! Du kommer väl dit i alla fall? Tränaren kanske kan tejpa dej?

Adam svarar inte. Tomas vänder sig mot Alexander som kommer rullande på sin skateboard genom korridoren.

– Du ska förstås inte heller komma på matchen? Eller kommer du i halvtid.

Han säjer det surt. Det är svårt att fatta att han och Alexander så sent som för att par veckor sen var nästan lika bra kompisar som Adam och Alexander.

– Jag ska fundera på saken, säjer Alexander.

Alexander kommer först av alla. När Adam kommer in i omklädningsrummet är både han och Tomas redan omklädda. Adam haltar fortfarande. Det känns i och för sig lite bättre. Men tusen mil ifrån bra. Så det var ju ingen idé att ta med sig bagen med fotbollsgrejorna. Men av någon underlig anledning gjorde han det ändå.

En halvtimme senare joggar han ut på planen. Fotbollsskorna sitter där de ska, hårt snörda. Och inuti den vänstra är det fullt av fotbollstejp. Det kommer säkert inte att funka. Det är idiotiskt att försöka, han vet det, nu kommer han stuka till den igen så att den svullnar upp som en ... fotboll.

Men tänk om tejpen ändå funkar? Tänk om det är en riktig mirakeltejp!

En sån skulle man ha. En tejp som kan laga allt. Stukade fötter, människor, prylar ... och allt det som känns trasigt mellan honom och Eva.

TJUGOSJÄTTE KAPITLET

För många clowner

Eva och Annika är hemma hos Annikas pappa. De sitter vid hans köksbord och förhör varandra. De har prov på Afrika i morgon. Annika gäspar.

– Jag orkar inte mer, säjer hon. Vi kan väl allt om Afrika nu?

– Inte riktigt, säjer Eva och gäspar ännu större. Men om vi pluggar tio minuter till, så ...

Egentligen vill hon bara gå hem. Men Tomas skulle

kanske komma förbi en stund efter fotbollsträningen. Eva skulle behöva snacka med honom.

– Jag struntar i det här nu, säjer Annika. Jag går och lägger mej.

– Men skulle inte Tomas ...?

Eva försöker säja det som om det inte spelade någon roll för henne.

– Äh, har han inte kommit nu så orkade han väl inte. Han måste väl sova ut inför den stora showen – eller hur?

– Äh, säjer Eva.

Hon reser sig upp.

– Hur är det med Adam nu då, förresten? frågar Annika.

– Sådär. Inte så jättebra.

På vägen hem mal alla krångliga tankar ner hennes hjärna så att det blir alldeles tomt i huvudet. Ändå fortsätter de att studsa omkring där inne, huller om buller, studs-studs-blip-blip, lika irriterande outtröttliga som Max när han spelar gameboy.

Hon har inte snackat med sin bästis om Adam. Bara sagt att det är "sådär". De pratar ju alltid om sånt. Är det för att Annika är ihop med Tomas?

Annika måste tycka att Eva är konstig. Och hon har rätt. Eva *är* konstig. Hon är en enda stor oreda.

Tycker Tomas också det? Och i så fall, varför är det så viktigt för Eva vad han tycker?

Kanske är det bara den där bugguppvisningen. Det är klart att hon är nervös för en sån grej! Tänk om hela stan kommer dit och kollar! Och tänk om hon klantar till det, trampar Tomas på tårna och gör allting fel! Och så blir hon utskrattad vart hon går, och får flytta till Nordpolen för att slippa skammen.

Tänker Adam komma? Nä, han bryr sig inte. Och förresten vill väl Eva inte att han ska komma, efter det som hände i tisdags – eller ...?

Hon vet varken ut eller in med någonting. Hon skulle aldrig ha börjat på buggen. Och hon skulle inte ha övertalat Adam att vara med. Och framför allt skulle hon inte ... hon skulle inte ha blivit så förbannad på honom.

Tejpad. Tränaren hade tejpat honom. Lite tejp, tralala, och allt är bra. Skulle hon tro på det? Ja, hon kanske faktiskt skulle det. Och så skulle hon ha tejpat ihop sin arga mun innan hon började skälla ut Adam för något han antagligen var oskyldig till.

Så spelas filmscenen upp i hennes huvud ännu en gång. Platsen är skolgården. Det är morgon. Eva pratar med Annika. Tomas kommer fram till dem.

– Hur gick det igår, då? frågar Annika.

– Vi vann, säjer Tomas och ser otroligt nöjd ut.

– Kul, säjer Annika. Grattis.

Hon ser ut att tycka att det räcker med det, men Tomas vill berätta mer.

– Det blev 1–0. Jag gjorde målet, på nick! Adam slog ett sånt där perfekt inlägg, Beckham liksom, och jag bara …

– Adam?

Nu är det Eva som pratar. Hon låter förvånad.

– Ja, han kom på kanten, och …

– Men han har ju stukat foten!

Tomas börjar prata om tränaren och hans tejp – och då får Eva se Adam komma gående på skolgården. Det flimrar om filmen. Flimrar av ilska. Stäng av nu, hon vill inte se sig själv marschera honom till mötes, inte höra hur hon skäller …

Skoldagen passerar som i en dimma. Det oönskade provet dimper ner på hennes skolbänk. Efter en timmes okoncentrerade försök att svara på alla frågorna konstaterar hon att det trots allt fanns en del kvar att lära om Afrika. Suckar från många i klassen berättar att det inte bara är hon som inte är fullärd.

Hem och äta mellanmål, sminka sig och ta på sig nya klänningen. Upp på cykeln och iväg till Kantarellens shoppingcentrum. Där, bredvid fontänen och stora caféet, har de byggt upp en scen där två töntiga clowner är igång och fånar sig. Några småungar skrattar. En del människor passerar förbi och verkar inte ens märka att Kantarellen håller på att fira sitt 10-årsjubileum. Andra står framför scenen och tittar, och ytterligare några står framför ett stort plakat och läser om de övriga uppträdanden som väntar.

– Hallå! ropar Tomas. Där är du ju!

Men Eva svarar inte. Hennes blick har fastnat vid plakatet och den programpunkt som heter "Elvis forever – buggen lever" och ska inträffa om en timme och en kvart.

Dimma, dimma, dimma. Ben av spagetti och havregrynsgröt i huvudet. Eva vet att Elvis Presley är död, men idag sjunger han ändå. Kaj buggar med en tant, och folk applåderar. Eva och Tomas står vid sidan om och ser på, Kaj pratar lite om duktiga ungdomar i högtalaren, en ny låt drar igång – den här gången sjunger Elvis *Jailhouse rock* – och plötsligt är det Eva som dansar.

156

– Bravo, ropar Kaj när Tomas sätter snurr på Eva.

– Jättebra! hojtar han när nästa tur sitter precis i takt med musiken.

Och så, med ett helt annat tonfall, när han ser det hända:

– Neeej!

Det börjar med att hon ser Adam. Plötsligt är han bara där, mitt bland publiken, och Eva blir så förvånad att det blir strömavbrott i huvudet. Resten av världen försvinner, kvar finns bara det märkliga faktum att Adam faktiskt har tagit sig till Kantarellen och ställt sig framför scenen för att se när Eva dansar.

En blick. En blinkning. Men det räcker. När Eva kopplas på igen är det för sent, och det känns som om hon faller nerför ett stup i slow motion. Hon tappar taget, hennes hand glider ur Tomas grepp, han försöker hålla fast henne, men kan inte. Under en sekund som känns som ett år så faller hon baklänges – och sätter sig på baken.

Elvis kanske lever, han har kanske någon sorts evigt liv. Men Eva, den ofrivilliga tredje clownen, hon vill bara lägga sig ner och dö.

Buggande idioter i otakt

Adam vet inte vad han gör i Kantarellen. Det har hänt att han köpt kläder där. Och fotbollsskor. Men idag har han inte pengar till några kläder. Och fotbollsskorna borde han elda upp innan de ställer till med något mer.

Han har varit arg på Eva i flera dagar nu. De har inte sagt ett ord till varandra. Och hon har inte kommit krypande på sina bara knän och bett honom om ursäkt.

Adam är fortfarande förbannad. Men för varje dag som gått har ilskan mot Eva minskat. Nu är han nog argast på sig själv.

Han har ju själv önskat att Eva skulle bli mer intresserad av fotboll och hur det går för Adams lag. Hon har i alla fall varit på några matcher. Men hur mycket har Adam försökt gilla det här med buggkursen? Ärligt

talat! Nä, han har inte försökt. Innerst inne var han glad
när han var sjuk på en lektion. Och även om han verk-
ligen inte stukade foten med flit så var det inte bugglek-
tionen han deppade över att missa, tvärtom!

Eva ville att han skulle gilla det. Hon ville dansa med
sin kille. Det var Adam som inte ville. Är det så konstigt
att det blivit som det blivit nu då?

Nu, när det är för sent, är det plötsligt bugg som gäl-
ler. För vad gör han annars här. Han har legat hemma
i soffan och tittar i taket och tänkt på Eva. Han har
plötsligt kollat på klockan, rest sig upp och rusat ut
genom ytterdörren, sprungit nerför alla trapporna, kas-

tat sig på cykeln och trampat för livet till
ett köpcentrum han alltid avskytt. Han
har låst fast cykeln, sprungit in, arm-
bågat sig fram genom folksamlingen
och ställt sig bredvid Annika. För
att se på bugg. Och för att se An-
nikas kille dansa med hans arga
tjej.

När Eva får syn på honom
och deras blickar möts drabbas
han av en otäck tanke som
känns som en sanning: Han tän-
ker att allt är förbi. Att hon inte
vill ha honom. Att hon vill ha

Tomas, killen som kan och vill dansa, som gör allt det Adam inte ens försöker. De är det perfekta paret.

Så faller hon. Och kommer upp. Och dansar klart, och får applåder, och står bredvid Tomas och vinkar lite töntigt till publiken.

Adam vänder sig om och går mot utgången och cykeln.

Eva pustar ut. De applåderade i alla fall. Och efter katastrofen gick det faktiskt bra. Det ... kanske inte var så farligt ändå.

– Bra jobbat! säjer Kaj. Nån liten miss förstås, men annars gick det ju som en dans! Tack för att ni ställde upp!

– Varsågod, säjer Eva.

Hon kommer inte på något annat att säja. Hon sneglar på Tomas. Han är tyst. Tanten som håller i programmet ber Kaj följa med och fylla i några papper. Annika tar sig fram till Eva och Tomas.

– Va bra ni var! Tänk att ni vågade!

– Bra? fnyser Tomas. Så här dåligt har det aldrig gått!

Han tittar på Eva.

– ... för dej!

Eva tror knappt sina öron.

– FÖRLÅT SÅ JÄVLA MYCKET DÅ! fräser hon.

FÖRLÅT FÖR ATT JAG FÖRSTÖRDE FÖR DEJ SOM ÄR SÅ JÄVLA BRA!

Alla i närheten vänder sig om och tittar på dem. Och Eva blänger tillbaka. Och inser att hon inte ser Adam någonstans. Var är han? Hon måste ... prata med honom. Nu! Plötsligt finns det ingenting i världen som är viktigare.

Hon börjar springa. Hon krockar med en gubbe, mumlar förlåt, tränger sig fram mellan barnvagnar och jäktade shoppare, snubblar, sicksackar mellan

människor, springer och springer på måfå, nej mot utgången, det är enda chansen ...

– ADAM! ropar hon. ADAAAAM!

Eva hittar honom, tjugo meter från huvudingången, där han står och låser upp sin cykel. Hon har varit arg på honom. Hon har tyckt om att dansa med Tomas. Men Tomas, han är ju en jävla ... Hur kunde hon ... Det är Adam hon är kär i, hon har aldrig slutat att vara kär i honom, det är faktiskt sanningen. Hon bara ... Hur kunde hon ...?!?

Han tittar upp. Hon lägger armarna om honom, kramar honom, hårt. Först hänger hans armar som döda grenar längs med kroppen. Men hon håller kvar. Och till slut lyfter han armarna och håller om henne, kramar henne, lika hårt och länge som hon kramar honom.

– Förlåt, säjer hon. Jag är en idiot.

– Jag med, säjer Adam.

En vecka senare är det fotbollslandskamp på teve igen. Alexander ska se matchen hos Adam. Han frågar Eva om hon också vill komma.

Hon ler.

– Nej tack.

Adam försöker att inte se besviken ut.

– Okej.

Det kommer att bli en bra kväll ändå. Man behöver ju inte träffas jämt. Och bara för att man tycker om varandra behöver man inte tycka om att göra samma saker. Det går ändå. Det gör det faktiskt. Riktigt bra går det.

På lördagen har Mia disco. Hon har nästan inga cd-plattor, så Eva och Annika har tagit med sig några av sina. Och så har Eva med sig ett band. Hon har spelat in de bästa låtarna från hennes pappas Elvis-skivor. Trots att det stönas och suckas en del får hon till slut spela bandet. Tomas sätter igång att bugga med Annika, och Eva tar Adams hand.

– Ska vi också bugga? frågar hon.

Hon vet egentligen inte varför hon frågar. För hon vet ju att han kommer att säja nej.

– Okej, säjer han.

De buggar. Eller försöker i alla fall. Det går inte som en dans precis. Fast allt kan ju inte göra det.

Plötsligt går det riktigt skapligt. Sen trampar Adam Eva på foten, de snubblar och ramlar ihop i en hög. Alla skrattar åt dem. Men Adam ser inte ut att bry sig.

– Tycker du om mej ändå? frågar han.

Eva ler.

– Ja, säjer hon. Konstigt nog gör jag det.